TAKE
SHOBO

完璧なる子作り計画!?
ハイスペック宰相閣下が「お前をお母さんにしてやろうか」と求婚してきました

あさぎ千夜春

Illustration
Ciel

蜜猫
MitsuNeko

contents

一章　お前をお母さんにしてやろうか …… 006

二章　初夜 …… 035

三章　形だけの妻ではなく …… 064

四章　夫の告白 …… 110

五章　僕はもう童貞ではないので（眼鏡クイッ） …… 169

六章　ロイヤル・ヴァイオレット …… 202

七章　やっぱり僕は悪くない …… 247

番外編　夫の手紙 …… 281

あとがき …… 286

イラスト／Ｃｉｅｌ

完璧なる子作り計画!?

ハイスペック宰相閣下が
「お前をお母さんにしてやろうか」と求婚してきました

一章　お前をお母さんにしてやろうか

ぴゅうぴゅうと冷たい風が吹き、建て付けの悪い窓ガラスがカタカタと揺れる。都から少し離れた郊外の小さな村は、普段は風光明媚《ふうこうめいび》な土地なのだが、夜は静まり返って妙に寂しい。

ベッドの中の父が、息も絶え絶えになりながら枕元に座っているビアンカに手を伸ばす。

「お父さんはもうだめだ……。もうこれっきりかもしれないから、ビアンカ……お前のかわいい顔をよく見せておくれ」

「パパ、そんな弱気にならないで」

ビアンカは、父の水分を失いかさかさになった手を、両手で包み込むようにぎゅっと握りしめた。

幼いころは頭を撫《な》でられるたび頼もしく感じていた父が、この数年でしぼんで小さくなった気がして、心の中に黒ずんだ気持ちが広がっていく。

「ねぇ、パパ。私、またお給金が上がったのよ。パパにもっといいお薬を買ってあげられるわ。大好きな果物だって、毎日食べさせてあげられるわよ」

ビアンカは見舞いのために、特別に休みをもらって実家に戻ってきていた。だからこれはビアンカなりの、父に喜んでほしい、希望をもってほしいと考えた上での発言だったのだが、それを聞いた父はこんな悲しいことはないと言わんばかりに、陰鬱なため息を漏らす。

「貴族に生まれながら、ひとり娘を社交界デビューさせることもできず、働かせることになるなんて……自分が情けないよ」

そして涙に潤んだ目で、力なく寝室の天井を見上げた。

「パパ……」

ここ数か月は小康状態を保っていたが、少し前に質の悪い風邪を引いて寝付いてしまい、すっかり気落ちしてしまったようだ。

医者は命に別状はないと言っていたが、病は気からという言葉もある。安心はできない。父の手の甲を撫でながら、ビアンカは唇をかみしめる。

（パパの気持ちはわからなくもないけれど……社交界デビューなんかしていたら、お薬代が払えなかったのよ）

ビアンカだって二十歳の若い娘だ。結婚に漠然と憧れを抱いていた時期もある。素敵な恋物語に出てくる男女のように、恋をしたり温かい家庭を作ってみたいと思っていた。

だが現実はそんなに甘くない。貴族の結婚は家格のあう者同士で行われる契約だ。

男性は持参金の額で花嫁を決めるし、誰にも選ばれなかった娘は、親子以上に年が離れた貴族の何度目かの妻になるか、修道院に入ると相場が決まっている。裕福な平民の妻になるという可能性もなくはないが、ビアンカの家は貧乏男爵でその価値も薄い。

だったら父のために働いてお金を稼いだほうが百倍有意義だろう。

そう、自分でも納得しての選択だが、父はビアンカのように割り切れず気にしているらしい。

「私、お城勤めにまったく不満はないの。お仕えしている宰相様はとても立派な方だし、お給金を上げてくださったのも、今日特別にお休みをくださったのも、宰相様なのよ」

ビアンカはお城の侍女としてかれこれ三年働き、一年前からは宰相付きの侍女になっている。

宰相は王都に立派な屋敷を構えているにも関わらず、ワーカホリックの仕事人間であり、めったに屋敷に帰ることがなく、王様から特別にお城の中に部屋を与えられているのだ。

そんな中、前任の侍女が年齢を理由に辞めることになり、新任として白羽の矢が立ったのがビアンカだ。

『宰相付きの侍女になりませんか』と女官長に命令を受けたときは驚いたが、給料が上がると聞いて即座に「喜んで」と答えた。

宰相がどんな人物なのか、当時のビアンカはまるで知らなかった。優秀らしいがとにかく変わり者という評判だけは耳に入っていたので、自分に務まるかと悩んだが、たいていのことは、苦労に見合う賃金さえ頂戴できれば我慢できるものだ。

そして現状なにひとつ不満はない。できればこのままずっと、宰相閣下のもとで働けたらと思っている。

「そりゃあ宰相様は立派なお方と聞いているけれど……。お前は死んだお母さんに似て、美人で頭もよくて気立てもいい。きっとよき妻、よき母になっただろうに」

と、父は悲しげにため息を漏らす。

彼にとって人生のピークは母が生きていたころなのだ。ひとり娘に世話になっていることも、娘を結婚させられないことも、歯がゆくて仕方ないのだろう。

（よき妻、よき母かぁ……）

ビアンカは苦笑しつつ、壁にかかっている母の肖像画を見上げる。

絵の中の母は儚《はかな》げな美人だった。ビアンカのたっぷりと波打つ黒髪や、春の新緑を映しとったような鮮やかな緑の瞳は母譲りだが、内面はまるで違う。

おしとやかだった母とは対極で、名ばかりの爵位よりも今晩のパンひとつのほうがずっと大事なリアリストだ。理想で腹は膨れない。

（パパにはそんなこと、絶対に言えないけれど……）

ビアンカは父の目じりに浮かぶ涙をハンカチで拭う。

「パパは今でもママが大好きなのね」

「ああ、もちろんだよ。彼女は私の女神様なんだ」

父はにっこり笑って、懐かしそうに眼《め》を細める。

ビアンカに母の記憶はほぼないが、父にとって母は亡くなった後もずっと最愛の妻なのだろう。

（過去の思い出だけじゃなくて、なにか……これから先、未来の生きる喜びや希望が見出《みいだ》せたらいいいんだけど）

そう思った次の瞬間、

「――孫の顔が見たいなぁ」

まるでこちらの心を読んだかのように、父が口を開く。

「え？」

「孫の顔が見られたら、私も元気になれるかもしれないなぁ……」

そしてまた食い入るように、愛娘《まなむすめ》の顔を見つめたのだった。

宰相リュシアン・ファルケ・ガルシアの朝は早い。五時五十分きっかりにベッドで目を覚ます。目覚まし時計は六時にかけているが、彼が寝過ごしたことは一度もない。

「おはようございます、リュシアン様」

ビアンカがカーテンを開けながら声をかけると、ベッドに上半身を起こしたリュシアンは、少し長めの前髪をかきあげながら、

「おはよう、ビアンカ……」

とかすれた声で律儀に挨拶を返してきた。

（朝はお得意ではないのに、毎日早起きされて偉いわ。私ならきっとだらだらしてしまうもの）

ビアンカはそんなことを思いながらカーテンを手早くまとめ、ベッドの横のテーブルに、ちょうどいい温度にした湯と石鹸《せっけん》、剃刀《かみそり》を並べる。

（あとは眼鏡と、いつも身に着けられる指輪をのせて……）

宰相という身分にありながら、眼鏡はごく普通の銀縁のテンプル眼鏡、指輪はただの銀の輪っかだ。

（もう少し着飾られてもいいご身分なのに）

ナイトテーブルの上に置かれた眼鏡と指輪を軽く拭いてから、ミラートレイの上に並べる。

一方、豪奢《ごうしゃ》な天蓋つきのベッドから抜け出したリュシアンは、まだ目が覚めないのかぼうっと椅子に座ったままだ。

窓から差し込む夏の終わりの朝日が、銀髪を美しく照らしている。彼はそうやってひとしきりぼんやりした後、ふと思い出したように顔を洗い、眼鏡をかけ、鏡を見ながら丁寧にひげを剃《そ》り始める。

ビアンカは、背後から鏡の中の主をじっと見つめた。

（リュシアン様って、全然おひげが目立たないけど……あれで生えているのかしら）

主であるリュシアンは非常に美しい男だった。美しいといっても女性的な美しさではない。世界一の芸術家が丹精込めて彫った神様の像のような美しさなのだ。

年は三十八歳というそこそこな年齢でありながら、身長は見上げるほど高く背筋はいつもぴんと伸びている。髪は世にも珍しい銀髪で、少し長めの前髪の奥から覗《のぞ》くくっきりとした二重まぶたの奥には、赤みがかったすみれ色の瞳がキラキラと輝き、細く高い鼻梁《びりょう》は上品で、唇はいつでも笑みを浮かべているような美しい形をしていた。

月の光を溶かして固め、人型にしたような美貌は若干堅物な雰囲気はあるが、お城で働く侍女や女官たちの中にも、ひそかにリュシアンに憧れている者は多い。

ビアンカが宰相付きの侍女になったときは、同僚たちに『うらやましい！』と大いに騒がれたものだ。

（リュシアン様って、どうして独身なんだろう……）

国王の信任も厚い宰相でありながら彼は独り身だ。なにかの間違いではないかと思うが事実そうなのである。

立派な本宅があるにも関わらず王城の端っこの部屋で寝起きをし、一切の贅沢《ぜいたく》に興味がない。貴族のたしなみと言われる夜会にもめったに顔を出さないし、気晴らしに賭博場に出かけるようなこともしない。

睡眠と食事以外の時間すべてを、公務に充てているのではないだろうか。

そばで見ている限り特定の恋人もいないようで、とにかく仕事人間で女性の入る隙などみじんもない。貴族としては変人扱いも当然だろう。

その働きぶりから「リュシアン・ファルケ・ガルシアは、国家と結婚している」などと周囲から揶揄《やゆ》されていたが、ビアンカは主人であるリュシアンのことを心から尊敬している。

毎晩パーティー三昧の怠惰な貴族より、勤勉なリュシアンのほうが絶対に素晴らしい。

「浮かない顔をしていますね。実家でなにかあったのですか？」

そんなことをぼんやり考えていると、鏡の中のリュシアンと目が合った。

「いえ、なにも」

つい考え事にふけっていたことを恥じつつ背筋を伸ばしたところで、

「ビアンカ・シエルラ」

リュシアンが滑らかな口調でビアンカの名前を呼んだ。彼のすみれ色の瞳に『お前の嘘《うそ》はわかっている』と言われている気がして、背筋に緊張が走る。

「あの、とても私的な問題でして。閣下のお時間を煩わせるわけには……」

「構いません。使用人の問題を解決するのも主人の役目だ」

ひげをそり終えたリュシアンは、最後にミラートレイの上に置いていたシンプルな銀の指輪を左手の小指にはめ、肩越しに振り返った。

こうなったらリュシアンは決して引かないだろう。ビアンカはおそるおそる口を開く。

「実は……」

病気の父が、娘が結婚できないことを気にしすぎるあまり弱気になっていること。

孫の顔を見たいとせがまれたが、現実問題そんな余裕はないこと。

赤裸々にすべてを語った。

ビアンカも年頃の娘だ。恥ずかしいやら情けないやらの気持ちはあったが、リュシアンのすみれ色の瞳にはなにひとつ侮蔑の色が浮かばなかったので、素直にありのままを打ち明けた。

窓の外で小鳥がぴちゅぴちゅと鳴いている。

ビアンカの説明を、リュシアンは口を挟むことなく最後まで聞き終えた後、長い指で眼鏡を押し上げつつうなずいた。

「なるほど。病床のお父様を励ましたいが、その夢は叶《かな》えてあげられないと悩んでいる」

「そうなんです」

ビアンカは小さくうなずき、そのまま言葉を続けた。

「いくら父の願いでも、お仕事を辞めてまで結婚するつもりなんてありません。結婚にはお金がかかるし、そもそも貧乏男爵のひとり娘の私に、条件のいい結婚ができるとも思えません。結婚してお母さんになるのって、素敵なことだなぁって思うんですけど、私にとっては夢物語であって、まったく現実的じゃないんです」

ビアンカは通いではなく住み込みで王城勤めをしており、衣食住のすべてが支給されている。

少しでもお金を稼ぎたいと思っているビアンカには、これ以上ない待遇だ。絶対に仕事を失いたくない。

「つまらない話をしました。どうぞお忘れください」

深々と頭を下げると、

「ふむ……」

リュシアンは顔の前で長い指を絡ませて目を伏せた。

宰相はなにかを考え込むとき、左手の小指にはめた指輪を、指の先で撫でながら思案する癖がある。

考えたのはほんの数秒だったろうか。

リュシアンはさらりと少し長めの前髪をかきあげ、なにかを決意したように椅子から立ち上がった。つられるように顔をあげると、彼はこちらに向き合ってまっすぐに見下ろしてくる。

寝巻きの上にガウンを羽織っただけだが、彼には他者を圧倒する迫力があって、少し怖い。

いったいなにを言われるのだろう。

ハラハラしていると、彼は中指で眼鏡を押し上げたあと、さらりと言い放った。

「僕がきみを、お母さんにしてあげましょうか」

「――――は？」

一瞬なにを言われたかわからなかった。

ぽかんとしていると、彼はいたって冷静な表情で言葉を続ける。

「僕と結婚して子供を産めばいいじゃないですか。まぁ確実に授かるものでもないので、絶対という保証《ほしょう》はできませんが……とりあえず結婚すれば、あなたのお父様は安心されるのでは？」

つるつると、まるで水が流れるかのような滑らかな口調だ。

「閣下。私は今、閣下に求婚されたように聞こえましたが……」

「しましたよ。しましょう、結婚」

そしてリュシアンは壁にかかっている時計を見て、はっとしたように目を見開いた。

「あぁ、いけない。朝食の時間だ。ビアンカ、今日の卵はゆで卵にするよう伝えてください」

「か……かしこまりました」

あっさりと話題がゆで卵へと移ったことで、ビアンカは夢から覚めた気がした。

こくりとうなずいて、テーブルの上の洗面道具を手早く片付けると、寝室を出る。

（リュシアン様が私に求婚……？）

一国の宰相と、社交デビューもできないほど貧乏な男爵令嬢が結婚だなんて、いくらなんでもあり得ない。

お前をお母さんにしてやろうか、というのは、さすがになにかの間違いだろう。

「へぇ～……。宰相閣下も冗談なんておっしゃるのねぇ……」

寝起きだから軽口でも言いたい気分になったのだろうか。賢明な侍女としては彼の笑えない冗談は、さっさと忘れてあげた方がいい。

ビアンカは軽く肩をすくめた後、気を取り直したようにすたすたと廊下を歩く。

そう、割り切りが早いビアンカは、すぐに宰相のたわごとを忘れてしまったのだが――。

改めてビアンカがリュシアンのために朝食をテーブルに並べていると、

「来週、きみの父上に挨拶に行きますよ」

リュシアンからはっきり言われて、あやうくポットを落っことしそうになった。

「えっ、さっきのって冗談じゃなかったんですか？」

「僕は冗談は言いません」

なにを言っているんだと呆《あき》れ顔《がお》をして中指で眼鏡を押し上げつつ、リュシアンは軽く首をかしげる。

どうやら本気だったらしい。だとしたらこれは冗談ではなく世迷《よま》い事ということになる。

「恐れながら閣下……うちは持参金を払ったら破産レベルの貧乏です」

「持参金など必要ありません。身ひとつで嫁入りしてくれればそれでいい」

まさかの持参金なしの婚姻らしい。

ビアンカにとってはいいことずくめだが、肝心のリュシアンにはなにひとつ利はない。となればほかになにか理由があるはずだ。

「閣下になんのメリットが？　正直言って信じられません」

開き直って尋ねると、リュシアンは深いため息をついて、

「陛下に、いい加減結婚しろと詰められているんですよ」

と、若干うんざりめにつぶやいた。

「僕としては生涯独身でいいと思っていたんですが、国王命令だときつく言われましてね」

リュシアンはお皿の上のパンをちぎって口に運びながら、棒立ちになっているビアンカをちらりと見上げた。

「――ちなみにそれはいつのことでしょう」

「昨晩です。結婚しないなら毎週お前のために花嫁探しの舞踏会を開くとまで言われて、困ったなと思いながら寝たんです」

陛下に『いい加減結婚しろ』と言われて、翌朝目についた侍女に求婚した――というわけらしい。悪びれもしないリュシアンの言葉に、ビアンカは盛大にずっこけそうになった。

（めちゃくちゃすぎる……！）

だが同時に、こういう即断即決なところはリュシアンらしい、とも思ってしまう。

大陸の東に位置するネルキア王国は、もともと北部に君臨する大帝国の一部だった。独立後も帝国を含めた周辺の国々との諍《いさか》いは絶えず、ようやく落ち着いたのが、国を破綻寸前まで追いつめていた前王を追い出すような形で即位した、現国王の治世の二十年だと言われている。

そして国王の懐刀として名をはせたのが、宰相であるリュシアン・ファルケ・ガルシア、その人だ。

もともとは名門侯爵家の次男で国王の侍従だったらしいが、その才を見込まれて重用され筆頭秘書官から宰相へと出世し、今はネルキアの政治のトップに立っている。徹底した財務改革で、国の財政もこの二十年でようやく黒字化したのだとか。

ビアンカに政治のことはよくわからないが、村のお年寄りたちが『昔に比べて本当に暮らしやすくなったよ』と言っていたのはよく耳にしていた。

とにかく、そんな優秀な宰相が自分を妻にと望んでいるなんて、いつもはおっとりのんびり楽天家のビアンカも、さすがに焦らずにはいられない。

(目的のためには手段を択《えら》ばない冷徹な人だって聞いていたけれど、男爵令嬢の私に求婚するなんて……本当に誰でもいいって思ってらっしゃるんだわ!)

ビアンカは驚きつつも、同時にこれはものすごいチャンスなのでは、と思い至った。

リュシアンは王命で結婚するのであって、ビアンカに特段なにも求めていないのである。

お金もない、地位も名誉もない、特にものすごい美人でもない、そんな、ないない尽くしの自分とわざわざ結婚して、父の面倒をみてくれるなんて神様としか言いようがない。

侯爵家の次男であり宰相でもある彼と、貧乏男爵家出身のビアンカはまったく釣り合わないが、この際目をつぶる。ビアンカは父が安心して長生きしてくれるなら、他人にどう思われたってかまわないのだ。

（そもそも形だけの妻だろうし！）

自分のような女に、宰相の妻としての役目は求められていないだろう。

ビアンカはぎゅっとメイド服のエプロンを握りしめ、腹をくくった。そして黙々と朝食を食べているリュシアンをまっすぐに見つめる。

「わかりました、閣下。その申し出、謹んでお受けいたします」

ビアンカとしては決死の覚悟だったのだが、

「きみが話の分かる女性でよかった。ではそのようにしましょう」

リュシアンは卵料理のメニューを決めるようにさらりと言い放つと、軽く塩をふったゆで卵を口元に運びながら何事もなかったかのように、咀嚼《そしゃく》を再開したのだった。


そして約束通り、リュシアンはお見舞いの品を携えてビアンカの実家に行き、正式に結婚を申し込んだ。

「えっ、結婚する⁉　しかもお相手は宰相閣下⁉」

体調がいいということでベッドから起きていた父は、孫の顔を見たいと言ったわずか十日後の出来事に、応接間のソファーから転げ落ちそうになっていた。

当然だろう。いきなり娘が宰相を連れて『結婚します』と帰ってきたら、誰だってビックリするしひっくり返る。

「なにかの間違いでは……？」

目の前に座るリュシアンとビアンカの顔を交互に見つめ、震えあがっている。

だが侯爵令息であるリュシアンに、貧乏男爵家を騙《だま》すメリットなどどこにもないことは父もわかっているはずだ。

リュシアンはプルプルと震えている父に向って、整いすぎて逆に胡散臭《うさんくさ》い微笑《ほほえ》みを向け、

「常々ビアンカ嬢の日々の働きを見ていて、好ましいと思っていました。御父上の気持ちを聞き、それならば僕が彼女を幸せにしたいと思った次第です」

ペラペラときれいな嘘をついた。まるで後ろめたさも感じていないらしい。

（さすがに国王命令で適当に選んだとは言わないのね）

隣で聞いていたビアンカは思わず吹き出しそうになったが、確かに本当のことを伝える必要などない。人のいい父はリュシアンの言葉を聞いて、感動のあまり涙を流していた。

「閣下……！　ビアンカは私の娘にしては出来すぎなくらい、いい娘なんですっ……どうぞ、どうぞ、よろしくお願いいたします……」

「もちろんです。義父上はお体を大事にして、ビアンカを悲しませないようにしてください」

「ああっ、あなた様から義父と呼ばれるなんて、なんてもったいないっ……！」

感極まってソファーから立ち上がり、よよよと泣きながら己にしがみつく父の肩をリュシア

ンぽんぽんと叩《たた》きながら「大丈夫ですよ」と真面目にうなずいていた。

(パパを騙しているようで心苦しいけれど……これでとりあえず安心ね)

とりあえずこれで、父が生きる喜びを見出してくれればそれでいい。

ビアンカは無言でリュシアンと見つめあい、深くうなずいたのだった。

その後は、王都に戻るや否や役所に直行し、結婚証明書に署名を記載して提出。

この上なくシンプルに、ビアンカとリュシアンは夫婦になった。

「――これで君は、ビアンカ・シエルラ・ガルシアだ」

城に戻る馬車の中で、リュシアンは胸元から小さな手帳にメモを取りながらつぶやく。

彼の言うとおり、紙切れ一枚のことだが、これでビアンカはリュシアンの妻になった。

「私自身はなにも変わらないのに、なんだか不思議な感じです」

率直な感想を口にすると、リュシアンはペンを止めてふっと微笑む。

「生活が変われば、実感することも増えるでしょう」

そして彼は手帳をめくりながら言葉を続ける。

「今、きみが住んでいるのは寮ですね?」

こっくりとうなずくと、彼は正面に座るビアンカにずいっと顔を近づけてきた。

「ではすぐに我が屋敷に引っ越してもらいます」

「えっ!」

びっくりして目を丸くしたビアンカを見て、リュシアンは怪訝《けげん》そうな顔をした。

「なにか問題でも？」

「その……一緒に住めるとは思っていなかったので、実家に戻ろうかと思っていました」

適当に選ばれた花嫁の自覚があったので、リュシアンの本宅に招かれるとは微塵《みじん》も考えていなかった。リュシアンはビアンカの反応に、切れ長のすみれ色の瞳を何度かぱちくりさせた後、軽く咳《せき》ばらいをして妙にまじめな顔になる。

「確かに僕は常識外れな求婚をしましたが、妻にした以上一緒に暮らしますし、夫としての責務を果たすつもりです」

一応常識外れの自覚があったんだ？　と思ったが、それは口にしなかった。

「それはその……普通の夫婦のように？」

「ええ、ありふれた夫婦のように」

リュシアンはこくりと念押しのようにうなずく。

（驚いた。てっきり形ばかりの契約妻だと思っていたのに、そうじゃないなんて！）

宰相閣下との結婚生活が、ありふれたものになるのだろうかと疑問に思ったが、少なくともリュシアンは、本気でそう思っているようである。

「僕もよっぽどのことがなければ、毎日屋敷に戻ります」

「……はい」

なんだか信じられない。こくりとうなずくと同時に、頬《ほお》のあたりがほわほわと熱くなってきた。

自分の身に起こっていることなのに、なんだか夢のような気がして、胸の奥がくすぐったい。このまま空まで飛んでいきそうな浮かれた気分になりながら、ビアンカは目の前のリュシアンを見つめる。

「あの……ということは、私はもうリュシアン様のお世話ができないのでしょうか？」

結婚してまで侍女として働き続けられると思っていたわけではないが、急に手持ち無沙汰になることに抵抗があった。

（働かざる者、食うべからず、なのでは？）

その不安が顔に出たのだろう。リュシアンはふっと笑って長い足を組む。

「僕も極力、本宅から王城に通うことにしますよ。だからあなたは僕の世話をすればよろしい。侍女ではなく、妻としてね」

妻としてと言われて、頬が一瞬熱を持った。

動揺を知られたくなくて、少し早口で口を開く。

「えっと、リュシアン様の本宅というと、十六区ですよね。昔、新聞で読みました。十五年前にリュシアン様が荒れていた王都を再編されて、すごく住みやすくなったって」

王城周りの行政区は、現在二十二の地域に分かれており、リュシアンの屋敷がある十六区は田園や野原が一部に残る風光明媚な地区だ。

「良好な住環境の形成と維持、環境の保全と調和は都市計画の基本ですからね」

リュシアンは真顔で体の前で腕を組み、馬車の窓から外を見つめる。仕事の鬼らしい淡白な返事だったが、ビアンカはそんな彼を好ましく思った。

(リュシアン様ってやっぱりすごい……!)

しかもリュシアンは父のために通いの医師を雇ってくれた。月に一度、わざわざ村に診察に訪れてくれるという。

彼にとっては都市開発も父の療養も同じように『仕事』としてこなしてくれただけのことかもしれないが、ビアンカからしたら一生感謝してもしきれない。リュシアンのおかげで、ビアンカはたったひとりの家族を失わずに済むのだから。

「リュシアン様、いろいろありがとうございます」

ぺこりと頭を下げると、リュシアンは怪訝そうな表情になりつつ、眼鏡を押し上げる。

「礼を言われるほどのことはしていませんが」

「しています。リュシアン様は私の不安をすべて拭ってくれました。私の大事な、たったひとりの家族を救ってくださったんです。どれだけ感謝しても足りません」

はっきり彼の目を見てそう言うと、彼は少し驚いたように切れ長の目をぱちくりさせた後、

「そうですか……。妻の感謝の言葉です。素直に受け取っておきましょう」

と、ほんの少し照れたように早口になった。

(リュシアン様のこと……なんだかかわいいって思うの、おかしいかしら)

年も離れているのに不遜だろうか。

ビアンカは少しだけドキドキしながら、ぷいと横を向いた夫の顔を見つめたのだった。

奥様の部屋はこちらになりますと言われて、南向きの一番美しい部屋に通されたビアンカは、部屋の真ん中に鎮座している、立派なゴブラン織りのソファーの端っこにそうっと腰を下ろす。

「はぁ……疲れた」

人がいないのをいいことに、ソファーの肘置きにもたれながらちょっぴりうなだれる。

屋敷につくや否や、リュシアンは大勢の使用人に取り囲まれて別室に移動してしまった。

「いきなり花嫁を連れて帰るなんて、おぼっちゃまは……!」

と、叱責する声が聞こえて、心臓がひやっと冷たくなった。

どうやらリュシアンは、使用人に根回しをしていなかったらしい。

(王様に命令されたからって、目の前にいた侍女に結婚を申し込むような人だものね……世間体とか、あまり気になさらないのかも)

ビアンカとリュシアンの結婚のニュースは、王城に激震をもたらした。

堅物独身宰相が結婚したというのも大事件だし、相手が男爵令嬢で侍女のビアンカという事実も驚かれたようだ。

同僚の侍女たちからは、

「すごいわビアンカ、おめでとう！」

「宰相様って、傲慢だし偉そうだし上から目線で冷たそうだと思ってたけど、ごく普通の人の心をお持ちだったのね～！」

と、祝福されているようなそうじゃないような激励とともに見送られ寮をあとにしたが、現実は笑える話ばかりではなかった。

リュシアンはその美男子ぶりから、多くのご婦人やご令嬢から目をつけられていたらしく、

「あれが宰相閣下の結婚相手？」

「パッとしないわね。なにがよくてわざわざ結婚相手にお選びになったのかしら」

「案外、若い体で誘惑したのかもしれないわよ」

と、わざわざビアンカに意地悪を言う女性もいたくらいである。

分別のない青年ならまだしも、男盛りのリュシアン・ファルケ・ガルシアが二十歳の小娘に誘惑されたくらいで結婚などするはずがないのに、いやがらせにもほどがある。

あまりの馬鹿らしさに取り合う気にもならなかったが、なぜ自分が選ばれたのだろうという疑問は、ビアンカの心の中で確かに存在していたのだった。

国王陛下に結婚を命じられたのは事実だろうが、もっと真面目に相手を選んでもよかったはずだ。

侯爵家を継げない次男とはいえ、リュシアンはこの国の宰相であり国王直々に伯爵の位を賜った超有能な男だ。そう、彼は王領であるガルシア領を賜った伯爵なのである。

将来有望どころの話ではない。彼が望めば筆頭貴族の公爵だって、娘を嫁入りさせたのではないだろうか。

（まぁ、公爵様のご令嬢はまだ八歳だけど……）

ぼんやりしながら窓の外を眺める。

リュシアンが開発を手掛けた十六区は自然が多く残る地域で、富裕層の屋敷が立ち並んでいるが、ガルシア邸は小高い丘の上にあった。

建物自体もかなり立派だが、なによりも目を引いたのはその庭だ。

土地の傾斜を利用して放射線状に園路を配置し、深紅の薔薇《ばら》、デルフィニウム、ラベンダーが、主張の強めな色にもかかわらず、庭の向こうの田園風景とうまくなじむように植えられている。さらにきっちり積まれた石の階段の隙間を埋めるように小さな花が植えられて、開放感があり柔らかい印象を与える。

杓子《しゃくし》定規なイメージがあるリュシアンからは、想像しづらい穏やかで優しい庭だった。

「素敵なお庭だなぁ……」

ソファーにもたれたままぼうっと眺めていると、ドアがノックされリュシアンが姿を現す。

「あ、リュシアン様っ」

彼は軽く手を挙げて、慌てて立ち上がりかけたビアンカを制すると、硬い表情のままズカズカと近づいてくる。そしてどかっとソファーに腰を下ろし長い足を持て余すように組んで、頬杖《ほおづえ》を突いた。

リュシアンの美しい頬が不満げに膨れている。

「なにかあったんですか？」

「僕は夫失格だそうです」

いきなり彼の麗しい唇から発せられた強い言葉に、ビアンカは目を丸くした。

リュシアンは頬杖をついたまま、隣に座っているビアンカを目の端で見つめる。

「いきなり花嫁を連れてくるなんてと、屋敷中の人間から叱られてしまいましたよ」

「あぁ……」

屋敷に戻るや否や、使用人に取り囲まれて連行されていったリュシアンのことを思い出す。

ビアンカはあははと笑いながら、言葉を続けた。

「やっぱり、私みたいなのがリュシアン様の妻だなんて、おかしいですよね……」

病気の父を励ましたいという自分の利益しか考えていなかったので、他人からどう思われようがそれは仕方ないと思っていたが、リュシアンのそばで働いている人たちに嫌われるのはちょっと悲しい。自分の存在のせいで彼の評価を落としてしまうかもしれない。

（やっぱり私は、パパの世話をするために村で生活したほうが良かったかも……）

しょんぼりしながら息を吐くと、

「は？　なにもおかしくはありませんが」

リュシアンは眼鏡を中指で押し上げ、なにを言ってるのかとビアンカを見つめた。

「彼らは、婚姻届を出しただけで結婚した気になっている僕へダメ出しをしただけですよ」

「え？」

「王命で結婚を急ぐ理由があったとしても、妻になってくれる女性に花嫁衣裳《いしょう》を着せない男は、最低だそうです。はぁ……この僕が、最低だなんて……」

リュシアンは深いため息をつき、銀色の髪をさらりとかきあげた。

この屋敷の面々は、主人に向かって言いたい放題のようだ。

「というわけで、来週ガーデンパーティーを開催することにしました。ウエディングドレスをフルオーダーで頼むのは時間がかかるそうなので、既存のドレスということになりますが許してください」

「来週っ⁉」

「ええ。僕たちの結婚披露パーティーです」

リュシアンは真面目な顔でうなずきつつ、ぐるりと部屋を見回した。

「あとは……そうだな……。この部屋は屋敷で一番いい部屋なんですが、新しい女主人のためには改装が必要だそうです。それとすっかり失念していたんですが、あなたにはほかにも用意すべきものがあるそうで」

リュシアンは胸元から手帳を取り出して、眼鏡を押し上げつつ読み上げる。

「季節ごとの乗馬着、デイドレス、アフタヌーンドレス、イブニングドレス、舞踏会用のバルドレスを各十着ずつ。靴と帽子とアクセサリーも必要、だそうです。女性は一日に何度も着替えるんですね。気づかなくて申し訳なかった。とりあえず知り合いの宝石商と仕立屋を明日にでも呼びましょう。王室御用達《ごようたし》の職人なので腕は確かですよ。安心してください」

「えっ……あっ……」

『王室御用達の職人』と聞いて、背中に変な汗が流れた。

結婚披露パーティーだけですでに思考回路が止まりそうなのに、部屋の改装がどうの、ドレスがどうのと言われては困ってしまう。

黙っていたらどんどん話が進んでしまいそうで、ビアンカはとっさに、ドレスの枚数を指折りしながら数えるリュシアンの手を、両手でぎゅっと包み込んでいた。

「リュシアン様っ！　あ、あのですね、部屋はこのままで十分ですし、ドレスやアクセサリーはほどほどで構いませんので。洗い替え含めて二、三枚くらいで十分かと……！」

確かに高位貴族の女性は一日何度も着替えるとか、一度着たドレスは二度と袖を通さないとか、耳にしたことはある。だがそれは公爵令嬢や王族なみに裕福な貴族に限る話だ。

季節ごとに各十着ずつというのも多すぎる。一年もたたないうちに、衣裳部屋はあっという間にぱんぱんになるだろう。

そもそもビアンカは結婚は形式上で、別居するのだろうと思っていたくらいだ。そこまでしてもらう必要はない。いくらリュシアンがお金を持っていたとしても、負担になるようなことは一切してほしくなかった。

「本当に、ほどほどでっ……ほどほどでっ！」

しつこく『ほどほど』を繰り返すと、彼は何度か瞬《まばた》きを繰り返した後、

「わかりました。ではメイド長と家令をあとで部屋に呼ぶので、話し合って決めてください」

とあっさり引いてくれた。

「……はい、ありがとうございます」

ほっとしつつ手を離すと、リュシアンが「あ……」とつぶやく。

ビアンカが首をかしげると、彼はさっと反対側を向いて眼鏡を中指で押し上げる。

「いえ、なんでもありません。当分準備でばたばたするでしょう。体には気をつけなさい」

「はい……ありがとうございます」

リュシアンがなんでもないというのだから、なんでもないのだろう。

礼を言いつつ、ビアンカはじいっとリュシアンの端正な横顔を見つめる。

（やっぱりものすごくお顔がいいわ……）

赤みがかったすみれ色の瞳に、シミ一つない陶器のような滑らかな肌。すうっと通った鼻筋。

やんわりと自然に口角が上がった上品な唇。

王城のあちこちには神話の神々を模した彫刻や絵画が並んでいたが、彼はその端に並んでいてもおかしくない美貌の持ち主だ。

きっと一族郎党みな彼のように美しいに違いない。

この人が夫だと思うと緊張してしまうが、もうビアンカは彼の妻なのだ。

(たまたま偶然とはいえ、奥様にしてもらったんだもの。リュシアン様が今まで通りお仕事に邁進《まいしん》できるよう、サポートしなくっちゃ)

ビアンカは目に力を込めて、自分の顔をまったく見てくれない夫の顔を見つめたのだった。

二章　初夜

窓の外には雲ひとつないまぶしいくらいの青空が広がり、美しい庭には真っ白のテーブルクロスをかけた長テーブルが置かれ、料理人が腕によりをかけた料理がずらりと並んでいるのが見える。

「奥様、どこか苦しかったりはしませんか？」

お針子の問いかけに、ビアンカは控え室の窓から視線を戻し、「はい」とうなずいて鏡の中の自分を見つめた。

「奥様は本当にスタイルがよろしゅうございますから、直しはほぼ必要ありませんでしたね」

「ええ、女神のようにお美しいですわ」

お針子とメイド長は顔を見合わせて、花嫁姿のビアンカを見て満足げに微笑みあっていた。

(馬子にも衣装って、まさにこういうことね)

普段はすっぴんで過ごしているビアンカの顔は、花嫁らしく清楚《せいそ》に化粧が施されている。鏡の中の自分は、美人と評判だった母の肖像画に生き写しだった。

（お化粧の力ってすごいわね。パパが見たら泣いちゃうかもしれないわ）

残念ながら父は体調が思わしくなく不参加となった。だがリュシアンが夫婦の写真を撮ってくれるというので、出来上がり次第手紙と一緒に送ることになっている。

父は花嫁姿のビアンカの写真を、母の肖像画と同じように大事にしてくれるだろう。

夫の気遣いに感謝しつつ、ウエストをひねって背中を見たり、鏡の前で軽くポーズをとる。

純白の花嫁衣裳はとにかく豪華だった。首元がV字に切り込まれた立ち襟が印象的な、手の甲までたっぷりのレースで覆われた上品なドレスは、リュシアンの父であるファルケ侯爵の亡くなった妹が身に着けていたものらしい。

多少、ビアンカの豊かな胸に合わせて手を入れることはあったが、背格好は似ていたらしく、ほぼそのまま着ることができた。

「こんな大事なものを、私が着てしまっていいんでしょうか」

恐縮しつつ尋ねると、

「もちろんですよ。旦那様がわざわざご実家から持ってこられたんですから」

メイド長がニコニコしながら胸を張ると同時に、文官の正装である宮廷服に着替えたリュシアンが姿を現した。

宮廷服は黒地に金の縁取りがたっぷりと施されたもので、かなり見栄《みば》えがする。

「支度が終わったと聞いて迎えに来ましたよ」

そう言う彼の胸元には、これまでの功績を顕《あらわ》す勲章がいくつも誇らしげに輝いていた。

眼鏡はかけているが前髪はすべて後ろに撫でつけられて、それがビアンカの目には新鮮に映る。

（なんて素敵なの……）

愛のない契約結婚のはずなのに、ときめいてしまっていいのだろうか。

そんな感情を抱いてはいけないのではないかと、申し訳ない気分になってしまう。

一方リュシアンのほうも、鏡の前に立つビアンカを見て、雷に打たれたかのように体を震わせる。

彼の目に自分はどう映っているだろう。せめて少しでもいつもよりよく見えたらいいのに。

そんなことを考えながらゆっくり近づくと、リュシアンはハッとしたように目を見開き、そのまま眼鏡を中指で押し上げた。

「驚きました。花嫁衣裳がとてもよく似合っています。白薔薇の冠も黒髪に映えていますね」

と、少し早口でささやいた。

「あ……ありがとうございます。冠も、メイドのみんなが編んでくれたんです」

宰相は美しい女性をたくさん見ているはずだ。浮かれてはいけないと思いつつ、ビアンカは小さく頭を下げる。

ビアンカのふわふわと波打つ黒髪はゆるく編み込まれ、ティアラの代わりに花冠が飾られていた。これまで売らずに済んだ母の形見のジュエリーは、今日身に着けている真珠のネックレスだけなので、それに合わせて作ってくれたらしい。

彼女たちの気遣いが嬉《うれ》しくてえへへと笑うと、リュシアンが切れ長の目を細めて「んッ！」と喉の奥でうなり声をあげた。

そして息が詰まったかのように顔をそらし、ゴホゴホし始める。

「リュシアン様？」

急に咳《せ》き込《こ》んで大丈夫だろうか。顔を覗《のぞ》き込もうとしたところで、

「いえ、少しむせただけです。なんでもありません。行きましょう」

リュシアンは何事もなかったかのように眼鏡を押し上げ、ビアンカに腕を差し出す。

差し出された腕におそるおそる手を添え、ビアンカはドキドキしながらリュシアンとともに控え室を後にした。

今日の結婚披露パーティーは、リュシアンの顔なじみらしい仕事仲間や友人が、入れ代わり立ち代わりで訪れるのんびりした式だ。

ふたりの登場とともに同僚らしい文官たちがわっと集まって、

「閣下、ご結婚おめでとうございます」

「本当に花嫁さんがいて、びっくりしました！」

「俺たち、なにかの間違いじゃないかって言い合っていたんですよっ」

わっはっはと笑いながら祝福の言葉をかけてくれて、ビアンカはようやく人心地ついた気がした。

そして言われた方のリュシアンも「僕だってやるときはやりますよ」と、肩をすくめて笑っている。

（なんだか意外かも）

一部から冷徹宰相とまで言われているリュシアンが、部下や同僚に軽口を叩かれているのを見ると胸が温かくなる。わかっていたが、宰相はそれだけの人ではないのだ。

なにより打算しかなかったはずの結婚が、歓迎ムードで迎えられていることが肌で感じられて嬉しい。

そんな中、茶色の髪と同じ色の瞳をもった優しげな男性が、ニコニコと笑みを浮かべながら近づいてくる。

「リュシアン」

「父上……来てくださったのですか⁉」

リュシアンが珍しく大きな声を出し、隣にいたビアンカも驚いて背筋が伸びる。

（父上って……ファルケ侯爵様ってこと⁉）

ビアンカは内心ひええとなりながら侯爵を見上げた。

超絶美形のリュシアンの父なので、同じタイプに違いないと想像していたが、そうではなかった。どちらかというと、高貴な人らしい鷹揚《おうよう》さが前面に出た朴訥《ぼくとつ》な雰囲気の男性である。

「父上。私たちの結婚披露パーティーにご足労下さってありがとうございます」

リュシアンは丁寧に頭を下げつつ、隣に緊張した様子で立ち尽くしているビアンカの背中に手のひらをあてた。

「彼女が妻のビアンカです。王城ではとても世話になっていました」

「初めまして、ビアンカでございます」

緊張しつつも、ビアンカがウエディングドレスの裾をつまんでお辞儀をする様子を見て、侯爵はぱっと笑顔になる。

「シエルラ男爵とは、奥方が息災だったころ、何度か話したことがあるよ。あなたはあの美しかった母君にそっくりだね」

「恐縮でございます、侯爵様」

まさか母の昔の話を聞けるとは思わなかった。感激したビアンカがもう一度ドレスの裾をつまんで一礼すると、侯爵は笑って首を振る。

「リュシアン、彼女に呆《あき》れられないよう仕事はほどほどにするんだぞ。もう自分ひとりの体ではないのだから、健康に気を付けて家族を大事にしなさい」

ファルケ侯爵は、貧乏男爵令嬢であるビアンカを厭《いと》うようなそぶりを、まったく見せなかった。ただひたすら「よかったなぁ」「おめでとう」とニコニコと笑って、ビアンカに微笑みかけてくれている。

ビアンカは舅《しゅうと》に感謝しつつも、隣のリュシアンの様子をちらりと確認する。

リュシアンも穏やかに微笑み、話に耳を傾けてはいるが、少し遠い目をしたまま、手袋の下にある左手の小指を撫でていた。

（なにか考え事をされているみたいね）

ビアンカは背伸びをして、リュシアンの耳元にそうっと近づく。

「リュシアン様。私、少し席を外しましょうか？」

その瞬間、リュシアンは驚いたように眼鏡の奥の切れ長の目を見開いたが、小さくうなずいてビアンカの顔を覗き込んだ。

「すみませんが、そうしてもらえますか。少し父と話がしたい」

「はい、わかりました」

ビアンカは小さくうなずいて、立ち去る夫とその父を見送った。

少し人目を避けるように庭の端で話をしている様子を見ていると、リュシアンも若干遠慮がちではあるがリラックスした様子で、親子関係の良さが伝わってくるようだ。

（息子の嫁の身分が気にならないはずがないのに……とってもお優しい方なのね）

名門侯爵家の当主だというのに、ずいぶん変わっていると思うが、今はその屈託のない好意がなによりも嬉しかった。

した。

「父上、大事にしていた花嫁衣裳まで貸してくださって、ありがとうございます。ビアンカもとても喜んでいます。そして僕に家宝の指輪まで……」

つい先日、結婚の報告をするために実家に帰ったリュシアンは、父からビアンカのために花嫁衣裳と、家宝のひとつであるエメラルドの指輪を贈与された。

その指輪は手袋の下で、リュシアンのすらりと長い左手の人差し指にはめられている。王家から賜った指輪だ。由来込みで王都に屋敷が買えるほどの名品である。

「ああ、リュシアン……」

だが礼を伝えるリュシアンのどこか遠慮がちな表情を見て、

ファルケ侯は少し困ったように笑みを浮かべ、背の高いリュシアンのこの腕を励ますように叩く。

「息子が結婚したんだ。祝いの品を贈るのは当然だろう。セザールだって同意の上だよ」

セザールというのはリュシアンの兄で次期侯爵の名だ。

◇◇◇

周囲の喧騒《けんそう》から離れ、父とふたりきりで向き合ったリュシアンは、改めて感謝の言葉を口に

「兄上も父上も、お優しすぎますね」

リュシアンは眼鏡を指で押し上げながら、言葉を続けた。

「孤児だった僕を養子に迎え、家族の一員として認めてくださった。僕は幸運な子供でした」

「リュシアン。ほかの誰がなんと言おうが、お前は私の亡き妹アニエスの忘れ形見だ」

父の言葉にリュシアンは無言で目を伏せる。

アニエス——。それは帝国に嫁いだファルケ侯の妹の名だ。

ネルキアの妖精、ファルケの薔薇。彼女はそう称されるほど美しい人だったらしい。

帝国の名門公爵家に十八で嫁ぎ、一年後に玉のような男の子を産んだ。天使のような男の子の誕生に、公爵家は三日三晩のお祭り騒ぎだったとか。

公爵夫人としての確固たる地位、美しい息子。アニエスは幸せの絶頂にいた。

だがアニエスの愛息子は、たった二歳で命を落としてしまった。

原因はわかっていない。具合が悪い様子もなく、いつも通り眠ったはずの息子が翌朝目を覚まさなかったのだという。

医者は『残念ながら、子供の突然死はまれにあることです』と告げたが、わが子の死に、アニエスの心は粉々に砕けてしまった。葬儀が終わった後もずっとぼんやりして、心神喪失の状態にあったかと思ったら、子供を探して屋敷を抜け出すこともあったのだとか。

『私のリュシアンはどこ⁉　ママはここですよ、リュシアン！』

アニエスが子を求めてさまよう声は朝から晩まで、ずっと屋敷に響き続けたという。

妻の美しさをこよなく愛していた夫は、奇行を繰り返す妻を次第に疎んじるようになった。だがさすがに子を失って嘆き悲しむ妻を捨てるのは憚《はばか》られたらしく、莫大《ばくだい》な資産を生前贈与されるかたちで離縁され、ネルキアの兄のもとに戻ってきたのである。

愛する故郷に戻ってきてもアニエスの心は戻らなかった。失ったわが子を求めて、日々衰弱していった。

家族の賢明な看病も実を結ばず、いよいよ命の灯が消えそうになったとき、兄である侯爵は最後の手段として『息子の代わり』を探したのだ。

ほんの一瞬でもいい、わが子に会いたいと願いながら死んでいく妹のために、亡き息子によく似ている男の子を探させた。そこで選ばれたのが当時三歳のリュシアンだ。

リュシアンはネルキアの国境沿いの小さな教会で暮らしていた孤児だった。母親は教会に身を寄せていた娼婦《しょうふ》だったらしい。教会で男の子を産んだ後すぐに行方をくらましたのだとか。

天涯孤独の身になったリュシアンだが、教会は善良な人々で運営されており、リュシアンもそこでたくましく育った。

誰が教えたわけでもないのに三歳ですでに大人以上に読み書きができた。あまりの賢さに、周囲は聖職者になれるのではないかと期待するほどだったという。

だが珍しい銀色の髪をしていたばかりに、子を失った貴族の子供の代替品として見いだされてしまった。

教会が十年は運営できるほどの金貨と引き換えに連れ出され、陶器のバスタブで全身を磨かれた後、絹のシャツとズボンをはかされ、病人の眠る寝室に押し込まれたのだ。

ベッドにには枯れ枝のようにやせ細った女の人が眠っていたが、彼女が、

『リュシアン！』

と叫んだ瞬間から、孤児だった子供はリュシアンになった。

アニエスはそれから半年生きながらえた。

そばにいつもリュシアンを置いて、本を読み聞かせたり、自ら果物を剥《む》いて食べさせたり、髪にブラシをかけたり、かいがいしく息子の世話を焼き、ある朝、眠るようになくなっていた。

リュシアンは、自分を抱いて眠る女性の体が、ひんやりと氷のように冷たくなっていることに気づきながらも、振りほどくことはしなかった。

ただ役目を終えたことを知って、また教会に戻るんだろうと思っていたら、ファルケ侯から『妹の忘れ形見を養子として迎え入れる』と言われて、混乱したのは今でもよく覚えている。

（僕はもう、リュシアンと呼ばれる前の名前を憶《おぼ》えていない）

教会でなんという名前で呼ばれていたのか、思い出そうとすると霞《かすみ》がかかったかのように意識が遠のく。おそらく三歳のリュシアンは、アニエスの子供の代わりとしてふるまっていた時、過去を忘れようと努力したのだろう。

そんなリュシアンを哀れに思ったのか、養父と今は亡きその妻、年の離れた兄は、身内に何を言われようが孤児のリュシアンをわが子同然に育てたし、リュシアンに特別な才能があるとわかれば惜しみなく援助し、王子の侍従として城にあげてくれた。

そう、リュシアンは間違いなく幸福な子供だったのだ。だが同時に『本当の自分』というものがわからないまま、成長してしまった。

周囲から求められている自分の像らしきものを必死で守っているだけ。そして今更ほかの生き方を選べない。

「リュシアン、幸せになっておくれ」

「はい、ありがとうございます」

父の言葉にリュシアンは眼鏡を押し上げながらうなずいた。

幸せとはなんだろう。間違いなく自分は幸福な子供だったとは思うが、よくわからない。

（そんな僕が、結婚か……）

我ながら思い切ったと思うが、二十代のリュシアンでは決断できなかったことだとも思う。

リュシアンは、何気なく美しい庭でゲストと話している妻、ビアンカを見つめる。

（僕はネルキアの宰相、リュシアン・ファルケ・ガルシア。そのことさえ忘れなければ、自分を見失うことはない）

結婚した以上、きちんと妻の生活の面倒をみて、すべての責任を引き受け、子供を作り、子孫を残す。父の言う幸せがなんたるかはよくわからないが、それが自分に求められている役割なのだから、なにも迷うことはないのだ。ただ、それだけでいい。

◇◇◇

日が落ちる直前に結婚披露パーティーはお開きとなった。招待客を見送った後、リュシアンとビアンカはそのまま夫婦の部屋へと向かう。窓の外からはパーティーの片づけをしている使用人たちの声がかすかに聞こえていた。まだ夢の中にいるような、ふわふわした気分のまま、ビアンカはソファーに腰を下ろす。

「ふぅ……」

思わずため息が漏れたところで、

「ビアンカ、疲れたでしょう」

とリュシアンが声をかけてきた。気遣いに感謝しつつ、ビアンカは緩やかに首を振った。

「いいえ。私よりもリュシアン様のほうがずっとお疲れかと思います。お疲れさまでした」

侍女が出してくれた紅茶を飲み、ビアンカはにこやかに微笑んだ。

そう、確かに体は疲れているが気分は晴れやかだった。多くの人に祝福されて一日中幸せな気持ちでいられた。なにもかもリュシアンのおかげである。

「とりあえず、侯爵様にお許しをいただいたと思っていいんでしょうか」

侯爵夫人は数年前に亡くなっているというのは、リュシアンから聞いている。父親の侯爵とはまるで似ていなかったので、リュシアンは母親似だったのかもしれない。

するとリュシアンはふっと笑って、

「父は来年、兄に家督を譲ることになっているんです。僕が未婚であることだけを気にしていたから、これで肩の荷が下りたと思っているんでしょう」

と肩をすくめた。

ついさきほどリュシアンの兄から、結婚披露パーティーに顔を出せない詫《わ》びの手紙と、領地から山のような肉や野菜、果物が届いていた。数か月前から領地に妻子を連れて戻り、侯爵の代わりに領地の運営に取り掛かっているらしい。

あとでお礼状を書かねばと思いつつ、ビアンカは口を開く。

「陛下だけでなくて、ご家族にも喜んでいただけてよかったですね」

「そうですね」

リュシアンは眼鏡を中指で押し上げたあと、改めてビアンカと向き合った。

こちらを見つめるリュシアンのすみれ色の瞳がキラキラと輝いている。

きれいだなぁと見つめていると、

「ではビアンカ。子供を作りましょうか」

リュシアンがさらりとした口調で、びっくりするような言葉を口にした。

単刀直入な彼の発言に、ビアンカは体を震わせる。

(こ、子供をつくる……っ！)

確かにビアンカは『父を安心させるために結婚して子供を産みたい』という希望を口にした。

彼もまたそれを受けて『お母さんにしてあげます』と応えた。

なにもおかしいことはないし、ビアンカだって異論はない。

(で、でも、それってリュシアン様と、その……そういう……行為をするってことですよね⁉)

王城勤めの娘の中には、こっそりではあるが男性とお付き合いをしている娘もいる。だから
ビアンカ自身に経験はないが、性行為のなんたるかくらいは聞いたことがある。

だがこの美しい男と今からそういうことをするのだと思うと、緊張と羞恥の感情がごちゃ混ぜになって体が硬直する。

結婚するとわかっていたはずなのに、今の今までリュシアンとそういうことをする、ということだけが、頭からすっぽりと抜け落ちていたのだった。

「あ、あの……」

ビアンカはしどろもどろになりながら、視線をさまよわせる。

そもそも今日やらなくてはいけないのだろうか。リュシアンは結婚の準備のために、いつも

の業務と並行して面倒な手続きの一切を、ひとりでこなしてくれた。ただでさえ少ない睡眠時間をかなり削っていたはずだ。心身ともに疲れ切っているだろう。

(数日……一週間……いやもう少し……疲れが取れてからでいいのでは?)

と、半分逃避のようなことを考えたところで、逃がさないと言わんばかりにビアンカの両肩にリュシアンの手がのった。

「言ったでしょう。夫としての責務は果たすと」

「そ、そうですが……。さっそく今からですか……?」

「新婚初夜ですよ。今日ほどふさわしい夜はないはずだ」

リュシアンは緊張した様子のビアンカを慰めるようにふっと笑って、そのまま頬を傾けキスをする。眼鏡がかちんと鼻筋に触れる。触れただけ。子供がするようなキスだ。

だがその瞬間、ビアンカは目を閉じることすら忘れて、かちんこちんに硬直してしまった。

(リュシアン様と、き、キスしてしまった……!)

鏡を見なくてもわかる。自分の顔は火をつけられたように真っ赤だろう。

生まれて初めての、異性とのファーストキスである。ドキドキしながらリュシアンの長い銀色のまつ毛を凝視していると、ゆっくりと持ち上がってすみれ色の瞳が現れた。

(今から、本当にするんだ……)

心臓が胸の内でどくんどくんと跳ね回り、胸が締め付けられたように苦しくなった。

「あ、あの……リュシアン様っ……」

「なんですか」

「リュシアン様はご経験豊富かと思いますが、私は、初めてなのでっ……その、お手柔らかに、お願いしますっ……！」

夫に任せておけば安心だと頭ではわかっているが、やはり緊張して声が震えてしまった。

するとリュシアンはまっすぐに見つめるビアンカの視線を受け、

「——ええ……もちろんです。すべて任せておきなさい」

たっぷり時間をとってうなずき、ビアンカの膝裏に手を入れるとひょいと抱き上げる。

「きゃっ」

頭にのせた白薔薇の冠がソファーの上に落ちる。慌てて彼の首にしがみつくと同時に、リュシアンが眉間にしわを寄せた。

「あなた、すごく軽いですね。ちゃんと食事をとっていますか？」

「食べてますっ、食事は楽しみのひとつなのでっ……」

こくこくとうなずくと同時に、続き部屋の寝室に運ばれたビアンカの体は、ゆっくりと天蓋付きの大きなベッドの上に下ろされる。

「あ……ありがとうございます」

照れつつ隣に腰を下ろすリュシアンを見つめ、なにげなく彼の膝の上に手をのせた。

ビアンカからしたらちょっとしたスキンシップのつもりだったのだが、その瞬間、リュシアンがびくっと体を震わせて、一瞬腰を浮かせる。

「リュシアン様？」

どうしたのかと顔を覗き込むと、リュシアンはハッとしたように顔を上げ、

「いえ、なんでも」

そのまま両手でビアンカの顔を包み込むと、覆いかぶさるようにキスをした。

勢いで鼻筋にかちん、と眼鏡が触れる。

先ほどの触れるだけのキスではない。もっと深く、リュシアンはビアンカの唇をむさぼるように口づける。舌が唇を割り、ビアンカの口内に滑り込む。先ほど飲んだ紅茶だろうか、かすかに柑橘系《かんきつけい》の味がした。

「ん、はぁっ……」

唇が離れた一瞬、息を吸うと同時にリュシアンがかすれた声で囁《ささや》く。

「ビアンカ。僕がするように舌を絡めてください」

みだらな指示をする彼の声は甘く、しびれるような色気があった。

(舌を絡めろって……そんな……)

つい先ほど生まれて初めてキスをしたのに、そんなことをして大丈夫なのだろうか。

びっくりして心臓が止まったりしないだろうか。

一気に大人の階段をかけ上がってるような気がして、羞恥に頬が染まる。

だがリュシアンはそんなビアンカのためらいを見透かすかのように、ビアンカの口蓋をなめ上げた。

びくっと体を震わせると、彼の舌先が誘うようにビアンカの舌を突く。

(これでいいのかな……?)

おずおずと喉の奥に縮こまっている舌を伸ばし、リュシアンの舌に触れると、応えるように彼のものが怪しくうごめいて、しびれるような快感が全身を伝った。

ぴちゃぴちゃと、頭の中で水音が響く。ただお互いの舌をこすり合わせているだけなのに、背筋がぞくぞくと震えて腹の奥が締め付けられる。

(気持ちいい……。頭がぼうっとして、チョコレートみたいにとろけてしまいそう……)

二匹の蛇のように絡み合いながら、お互いの唾液をすすり、息継ぎのために一瞬だけ離れて、また唇を重ねる。

離れたくない――。本能がそう叫んでいるようだった。

「ビアンカ……」

気が付けばビアンカの体はベッドに押し倒されていた。

リュシアンはじれったそうに首元に手をやりタイをほどきながら、ハラハラと落ちてくる銀色の髪をかきあげ、こちらを食い入るように見下ろしている。彼の白磁のような肌はほんのりと上気していて、すみれ色の瞳は濡《ぬ》れたように爛々《らんらん》と輝いていた。

普段の落ち着き払った宰相閣下の様子とはまるで違って見えて、ビアンカの心臓はまたドキドキと鼓動を打ち始める。

(リュシアン様、もしかしたら私に興奮してくださってるのかしら……?)

自分のような未熟な女でも、彼をその気にしていると思うと、すごく嬉しい。

ビアンカは胸元のボタンを自らひとつずつ外しながら、リュシアンを見上げた。

「リュシアン様……私、早くリュシアン様の妻になりたいです」

ビアンカの赤裸々な告白を聞いて、リュシアンがびくりと体を震わせる。

「……あなた、なにを企《たくら》んでいるんですか?」

眼鏡を指で押し上げながら、なぜかこちらを疑うように唇を引き結んでいる。

「そんな……なにも企んでなんかいません。本当にそう思うから……」

こっちは必死なのに、リュシアンはそうは見えないようだ。すねたビアンカは子供のように唇を尖《とが》らせた。

これまでビアンカにとってリュシアンは尊敬の対象でしかなかった。素敵な人だとは思っていたが身分が違いすぎるから、本能的に自分にブレーキをかけていたのかもしれない。

だが今は違う。ビアンカは彼の妻になったし、彼を愛してもまったく問題ない状況になった。

(リュシアン様からしたら、私なんか物足りないだろうけど……)

それでも縁あって、こうやって夫婦になったのだ。できれば彼と心を通わせ、いつくしみあう夫婦になりたい。

胸元のボタンを最後まで外したビアンカは、次にリュシアンの顔に手を伸ばし、銀色の眼鏡に手をかける。

「ベッドの中では、宰相様のお顔はやめてください」

必死になっている自分を見られたくなくて、彼の眼鏡を外す。

寝起きの時以外に見たことがない彼の素顔が、ランプの明かりにさらされる。はらはらと銀色の髪が零《こぼ》れ落ち、すみれ色の瞳の瞳孔が、まるで猫のように大きくなっていく。

「――ふーっ……」

リュシアンはゆっくりと息を吐き、それからうめくようにビアンカの名を呼んだ。

「ビアンカ……きみはもう、僕のものだ」

それからビアンカはウエディングドレスを脱がされ、下着もはぎとられて一糸まとわぬ姿になった。

「あっ、ああ、あっ……んっ……！　や、あ、リュシアン、さまっ……」

ビアンカは身もだえしながら、己の股座《またぐら》に顔をうずめているリュシアンの銀色の髪をかきまわす。あくまでも体感ではあるが、かれこれ小一時間以上、彼に全身を舐《な》められている。

彼はドレスを脱ぎ捨て、生まれたままの姿になったビアンカを見て、

「この世には、こんな美しいものが存在していたのか……」

と、感極まったようにつぶやき、それから手袋を外した手でビアンカの全身を撫でまわしながら、味わうように舌を這《は》わせた。

「あなたの乳首はふわふわで、庭の薔薇よりも美しいピンクで……胸はミルクより白い……どこを舐めても甘い味がする。なぜですか?」

そう言いながら、ビアンカの豊かな白い胸にしゃぶりつき一心不乱に吸っていたが、しばらくしてなにげなく触れた秘部がしとどに濡れていることに気づくと、それからそこにずっと舌を這わせている。

彼の舌はねっとりとビアンカの花びらをなぞり、それから時折花芽に吸い付いて、軽くかかりかりと歯を立てた。

「あ、ああっ、あっ、またっ……」

そのたびにビアンカの立てた膝はがくがくとわななき、つま先がシーツを蹴る。腹の奥からなにかが溢《あふ》れ出《で》ているのが自分でもわかる。

「ビアンカ。そんなに、いいんですか……?」

リュシアンはかすれた声で囁きながら、指でビアンカの秘部を左右に開くと、舌先を尖らせてくすぐるように動かし始める。

「ん、あ、あっ、いいっ、あ〜〜……っ」

また目の前がちかちかし始めて、気が遠くなる。悲鳴の上げすぎでビアンカの声はすでにか

すれ始めていた。

終わりが見えない快楽を楽しむには、ビアンカはあまりにも経験不足だった。

「ビアンカ。達するときは『イク』と言うんだと教えたでしょう」

「んっ、うっ、あぁ〜……ッ……いっ、イク、あっ……またっ」

リュシアンの舌の感触にどんどんと追いつめられていく。

(もうだめ、これ以上はおかしくなっちゃうっ……)

ビアンカは必死に息を整えながら、リュシアンに涙ながらに呼びかけた。

「もう、わたしは、いいのでっ、あっ……お、おねがい、りゅしあんさまも、んっ〜……」

「それはもう、僕を受け入れる準備ができたということですか?」

ビアンカの呼びかけに顔をあげたリュシアンの口元は、みだらに濡れていた。

彼が今まで抱いてきた女性たちは、これだけされてもまだ不足と口にしていたのだろうか。

これだけめちゃくちゃに乱れさせておいて、まだ足りないと思っているリュシアンは、これまでどんな女性と付き合ってきたのだろう。

若干恐ろしくなるが、ビアンカはこくこくとうなずいた。

「い、いいですっ……」

「そうですか……指南書では女性は何度イかせてもいいとあったんですが……そういえば回数までは書いてなかったな……」

彼はそんなことをぼそぼそとつぶやきながら指の腹で唇を拭うと、上半身を起こしてゆっくりとビアンカに顔を近づけ、自分の下穿きに手を伸ばし、腰ひもに指を絡ませた。

ようやく先に進めると安堵《あんど》すると同時に、彼の発言の一部が脳裏にひっかかる。

(指南書……？)

わざわざ指南書で閨事の勉強をしたということだろうか。

(あぁ……もしかしたら私が処女だから、勉強してくださったのかも……)

ここ数日あれこれと準備で忙しかったはずなのに、さすが仕事人間、ワーカホリックな宰相様だ。不慣れな自分ためにそこまでしてくれるのかと、ビアンカは感動しつつ、じっと彼の下半身を凝視する。

そこはテントのように中から張りつめ、一部が濡れて色を変えていた。

「リュシアン様……そこ……」

「あなたが乱れる姿に……ひどく、興奮しました。ですがこれは男として正常な反応です」

下穿きをするりと脱ぎ捨て、張りつめた屹立《きつりつ》を取り出したリュシアンは、それを右手でゆっくりとこすり上げながらすみれ色の目を細める。

(おっ……おっきい……！)

当然だが、男性の性器を見たのは生まれて初めてだった。

リュシアンの美しい顔と体に似合わない凶暴な肉棒は、太い血管が浮き上がっており、先端からぽたぽたと蜜をこぼし、あっという間にビアンカの腹の上に小さな水たまりを作る。

あんな大きなものを、いったいどこに隠し持っていたのだろう。

ビアンカはごくりと息をのんで、彼のモノを見つめる。

「……怖いですか?」

リュシアンが少しだけ不安そうに問いかける。

ぴくぴくと震える性器に目を奪われていたビアンカは、顔を上げてぷるぷると首を振った。

「い、いいえっ」

サイズに恐れおののいたが、怖くはなかった。どれだけ凶暴に見えても、それはリュシアンの一部なのだ。

するとリュシアンはホッとしたように微笑んで、

「では……入れますよ」

「は……はいっ……」

リュシアンはゆっくりと息を吐くと、握ったままのそれの先端を、ビアンカの秘部に押し付ける。

いよいよ夫を受け入れる時が来た。

(これで私も、リュシアン様の妻になるんだわ……!)

身構えて目をぎゅっと閉じた次の瞬間、先端がつるっとすり抜けた。花びらの間を縫うように滑った肉杭《くい》は、ビアンカの柔らかなうち太ももに押し付けられ、びくびくと脈打っている。

(あれ……入らなかった……?)

拍子抜けしたビアンカがうっすらと目を開けると、

「あ、すみません……」

リュシアンは少し慌てたように腰を引き、それからまた腰を押し付ける。

くちゅり。

先端は蜜口をなぞるだけで、また滑り、今度は反対側の太ももの付け根に押し付けられた。

「っ……」

リュシアンは少し焦ったように「おっ、おかしいなっ……」とうつむき、改めて挿入しようと腰を揺らす。

だがビアンカのそこが溢《あふ》れんばかりの蜜で濡れているせいか、結局何度入れようとしても滑ってばかり。なかなかうまく入っていかない。

時間が経《た》つにつれて、今か今かと挿入の瞬間を待ちわびていたビアンカの頭はどんどん冷静になっていった。

(こんなに入らないのって……もしかして私の体が、おかしいのでは?)

ビアンカの全身からスーッと熱が引いていく。

（なんとかして、リュシアン様を受け入れなければ……！）

子作りをするなら、リュシアンの種を腹の中に収めなければならない。

思いつめたビアンカはぐっと奥歯をかみしめると、シーツの上に体を起こす。

そして、なんとかビアンカの中に収めようと四苦八苦しているリュシアンの手元に手を伸ばした。

「失礼しますっ」

そう、ビアンカはリュシアンのモノをつかんで、自分の中に導こうとしたのだが――。

「うっ……」

ビアンカの指が彼の屹立を握るやいなや、リュシアンは体を激しく震わせ上半身を弓なりに震わせた。

と同時に、どこからかいきなり熱い液体がびゅっと飛び出して、ビアンカの顔や胸に飛び散る。

「っ……？」

いったいなにが起こったのだろう。

おそるおそる、胸にかかったものを指で拭い確かめようとしたところで、

「うわああっ……！」

リュシアンがらしくない悲鳴をあげ、慌てふためいた様子でぐいぐいとビアンカの胸元や顔を

シーツで拭き、ベッドから飛び降りた。

「きょっ、今日は、このくらいにしておきましょうか……!」

そして彼は裸の体にナイトガウンをさっと羽織ると、駆け足で寝室を出て行ってしまった。

「え……?」

ひとりベッドに残されたビアンカは、ベッドの上に座り込んだまま、しばらく夫の帰りを待ったのだが——。

彼が戻ってくることはなかったのだった。

三章　形だけの妻ではなく

リュシアンの妻になって十日、気が付けば風のように時間は過ぎ去っていた。

「リュシアン様のお顔を忘れてしまいそう……お忙しい方だって知っていたつもりだったんだけど、本当は全然わかってなかったのね」

ビアンカの嘆きが唇からぽろりとこぼれる。

朝、夜が明けると同時に、屋敷を出て行った夫のことを思い出しながら、ビアンカはほうっとため息をついた。

「それでも以前よりは、だいぶお休みになっていますよ」

メイド長であるアルマが苦笑しつつ、ビアンカの空いたカップにハーブティーを注ぐ。

立ち上る湯気と同時にふわりと柑橘《かんきつ》とハーブのいい匂いがあたりに漂い、少しだけ気分が落ち着いた。

「ありがとう、アルマ」

アルマは年のころは五十代前半の古参のメイドだ。以前はリュシアンの実家の侯爵家で働いていたらしい。彼がこの屋敷を構えた時に志願して働き始めたのだとか。

いつもニコニコして人に警戒心を抱かせない素敵な女性で、ビアンカもなにかと頼りにしている。

「それにしてもこの屋敷の眺めは本当に素晴らしいわね。いくら見ていても飽きないわ」

「王都の区画整理をするときに、シンボル的な存在になるようにということで、庭にはかなり力を入れたそうです。とはいえ、主人であるリュシアン様がまったく帰ってこられないので、宝の持ち腐れ感がすごかったんですが」

アルマは茶目っ気たっぷりにホホと笑いながら、庭が一望できる窓に目を向けた。

「ビアンカ様のおかげでリュシアン様が毎日帰ってこられるようになって、使用人一同喜んでおります。あとはお世継ぎですねぇ。おふたりのお子様なら絶対かわいいに決まってますよ」

アルマはうんうんとうなずきながら、部屋を出て行った。

（リュシアン様は、どう思われてるんだろう……）

ビアンカは膝の上にのせていた毛糸の玉に目を落とした。

夏が終わり少しずつ秋の気配が近づいてきているこの時期は、冬に履く父の靴下を編むのが毎年の習慣だった。今年はリュシアンの分も編もうかと思っていたのだが、迷惑がられるかもしれないと思うと手が止まってしまう。

「今の状況じゃ、『お世継ぎ』なんて絶対無理に決まってるわ……」

リュシアンは深夜に帰ってきて明け方にまた登城するというペースを一度も崩さず、初夜から十日が過ぎた今でも、ビアンカに指一本触れていない。

ビアンカは夫婦の寝室で、ひとりで寝起きをしている。人妻なのに相変わらずぴかぴかの処女だ。

アルマから聞いたところによると『ぐっすり眠っているビアンカを起こしたくない』と、自室で寝起きしているのだとか。

他人がそれを聞けば『新妻を気遣う優しい旦那様』になるかもしれないが、初夜があんな形で終わったビアンカは『避けられている』と感じている。

冷静になって振り返ってみれば、リュシアンの言動にはちょこちょこと引っかかるところがあった。なにかがおかしいと思うが、今のビアンカには違和感を言語化する能力がない。

「きっと私がなにかしたんだろうけど……全然思いつかないわ」

父に孫の顔を見たいと言われたし、屋敷の使用人たちの期待もわかっているが、子作り云々《うんぬん》は二の次だ。

ビアンカとしてはなによりも先に、リュシアンとの関係を深めなければならない。

なぜ彼はあれから自分を求めないのか。その理由が知りたかった。

「このままでいいわけないもの」

形だけの妻ではなく、本当に妻になりたい。

確かに愛し合って結婚したわけではないが『ありふれた夫婦のように過ごそう』と言ったリュシアンの気持ちが、本物だと信じたかったのである。

それから数日後――。

時計の針が深夜を大幅に回った頃、窓の外から馬車の蹄《ひづめ》の音が聞こえたビアンカは、跳ねるようにベッドから飛び起き、急《せ》いでネグリジェの上にナイトガウンを羽織る。

そして夫の部屋に軽食を運んでいる途中のメイドを捕まえて「私が運びます」と若干のごり押しでワゴンを奪い、リュシアンの部屋へと向かった。

「失礼します」

「ビアンカ……？」

ノックとともに部屋に入ってきたビアンカを見て、リュシアンは驚いたように目を見開く。

湯あみをしてナイトガウンを羽織ったリュシアンは、ほんのり肌がしっとりしていて妙に色気があった。

久しぶりに至近距離で見る夫の姿に、胸の奥の心臓がドキドキと鼓動を打ったが、王城勤めで培ったポーカーフェイスで笑顔を浮かべる。

「どっ……どうしたんですか？」

リュシアンは眼鏡を押し上げながらビアンカから目を逸《そ》らす。

（やっぱり、私のことを避けていらっしゃる……）

ちょっぴり傷つくが、わかっていたことだ。

「今日は眠れなくて。たまたま目が覚めたんです」

本当は寝ずに起きて様子をうかがっていただけだが、なにか言いたそうなリュシアンに気づかないふりをして、軽食とお茶をテーブルの上に並べた。

そして至極当然のようにソファーの隣に座り、ニコニコと微笑みかける。

「――そうですか」

リュシアンはしぶしぶといった様子でビアンカの隣に腰を下ろす。さすがに追い出す理由が思いつかないらしい。

我ながら図々《ずうずう》しいと思ったが、もう手段は選んでいられない。

（よし、これで場は整ったわ！）

ビアンカはリュシアンのカップにお茶を注ぎ、彼が小さなサンドイッチを食べ終えたところで、ゆっくりと口を開いた。

「リュシアン様。大事なお話があるのですが、よろしいでしょうか」

「ゲホッ……！」

まだなにも言っていないのに、盛大にお茶を噴出したリュシアンは、カップをテーブルに置いて手の甲で口元を拭いながら、立ち上がった。

「まさか、離縁したいって言いだすんじゃないでしょうね⁉」

「えっ……離縁っ？　ち、違いますっ……！　逆ですっ！」

思ってもみなかった彼の発言に、今度はビアンカが驚いた。ぷるぷると首を振って立ち上がると、リュシアンの手を握りしめる。

「……逆？」

「その……私はリュシアン様と、仲良くなりたくて」

初夜からはや二週間近く。避けられているのは勘違いではないはずだ。

だがリュシアンはいまだにその理由を話す気配がない。自分のような小娘が問い詰めたところで、適当にごまかされるに決まっている。

気弱な貴族青年ならまだしも『国家と結婚した』とさえ噂《うわさ》される宰相閣下が、わざわざ黙っているのである。それは要するに、自分がまだ彼の信頼を勝ち得ていないからだと、ビアンカは考えたのだった。

（だったら、リュシアン様に心を開いてもらえるよう、頑張らなくっちゃ！）

そもそも王命がなければ結婚する気がなかった男だ。たまたま目の前にいた自分を、すんなり気に入ってくれるはずがない。彼の妻として認められたければ努力が必要だろう。

「なので、これから毎晩リュシアン様のマッサージをしようと思います」

「は？」

ぽかんとしているリュシアンを後目に、ビアンカは隠し持っていた麻の袋をテーブルの上に置き、中から色とりどりの小瓶を取り出した。

「以前、父の体のために勉強したんですよ」

小瓶の中に入っているのは、マッサージをするときに使うオイルだ。リラックスできるように香りのいい花の精油を混ぜてある。

「妻として、リュシアン様の疲れを癒やしたいんです」

そう、それがここ数日で考えた、ビアンカの『旦那様と仲良くなろう作戦』だった。

(お願いです、許すと言ってください。今はリュシアン様がいやなら性行為をしなくても構いません。ただ距離を縮めたいんです！)

心の中でそう願いながら、リュシアンを見上げる。

彼は形のいい唇を何度か開いたり閉じたりしながら、ぷるぷると細かく震えていた。

(お顔が赤くなったり、青くなったりしているけれど……やっぱり睡眠不足がたたって……？)

その瞬間ビアンカは、いてもたってもいられなくなっていた。

一刻も早くリュシアンに元気になってもらいたい。体が休まればまた、ビアンカを抱く気になってくれるかもしれないのだ。

「ではリュシアン様、失礼しますっ」

「はっ？　わあっ！」

ビアンカはぽかんと目を丸くしたリュシアンに体当たりするように飛びつく。体勢を崩したリュシアンは、そのまま難なくソファーに押し倒されてしまった。

「えっ、あっ、ちょっ、ビアンカッ？」

「ええ、大丈夫ですよ、リュシアン様。私にすべてお任せくださいね」

ビアンカはリュシアンのナイトガウンの前を開き、着ていた夜着のボタンをさっさと外す。

あっという間に彼の鍛え上げられた肉体が目の前にさらされ、ビアンカの頬がカッと赤く染まった。

だがここで照れていてはだめだ。治療でリラクゼーションの一環ですという顔をしていないと、リュシアンに逃げられてしまう。

ビアンカはことさらきりっとした表情を作り、リュシアンの上半身を裸に剥いてしまうと、手のひらにオイルをたらして両手で温める。

「な、なっ……？」

リュシアンは形のいい唇を開けたり閉じたりしながら、茫然《ぼうぜん》とビアンカを見上げていた。

見下ろすリュシアンの体はたくましく、やはり女の自分とはまるで違う。

（いや〜……！　緊張して手が震えるわ！）

ビアンカの鼓動はありえないくらい速くなっていたが、頬の内側をかんで目に力を込める。

ここでリュシアンに警戒されては元も子もないのだ。

ビアンカは至極真面目な表情で、陶器のように滑らかなリュシアンの胸に両手を置き、ゆっくりと手のひらを滑らせ始めた。

「リュシアン様、お体が冷たいですね」

初夜の時は燃えるように熱く感じたが、今のリュシアンの体はひんやりと冷たく、あちこちにこわばりを感じる。

体の上にのしかかってしまったので、無礼だと突き飛ばされるかと思ったが、リュシアンは蛇ににらまれたカエルのように硬直しつつも、かすかに唇を震わせながら「うぅ……」とか「あっ、あ……」と声を漏らしていた。

「リュシアン様、触るだけですから。どうぞリラックスしてくださいませ」

鎖骨のくぼみ、首のつけね、柔らかな胸筋となぞりながらマッサージを繰り返していると、徐々にリュシアンの頬に赤みが増していく。

ほんのりと、陶器が淡く色づくように——。

(よかった、間違ってなかったみたい……)

ビアンカはホッとしつつ、今度は夜着のズボンのひもに手をかける。その瞬間、はっとしたリュシアンが上半身を起こし、慌てたようにビアンカの手を上から押さえつけた。

「そ、そこはだめだ」

「なぜですか？　鼠径部《そけいぶ》のマッサージはとても効果的なんです。お任せください」

「いや、お任せって、そんなわけないだろ、ぼ、僕はっ」

「約束します、リュシアン様。デリケートな部分には触れませんので」

「さわっ……？」

みるみるうちにリュシアンの顔が青ざめていった。

（ああ……やっぱり私に触られるのがご不快だったんだ……！）

初夜が最後までできなかったのも、ビアンカがいきなり彼のアレを握ったからに違いない。

本当はきちんと手順を踏んで子種をそそぐ予定だったのが、ビアンカが手を出したことで手順が狂ってしまい、立腹したリュシアンは寝室を出て行ったのだ。

（ということは、仕組みはなにもわからないにしろ、たぶんアレを握ったりしなければいいはずなのよね。たぶん……。うん、そう！　これで万事解決だわ！）

普通の貴族令嬢なら、閨事に関しては結婚前に学ぶはずだが、残念ながらビアンカにはそんな時間はなかった。なのでとりあえず今は、自分なりにやれることをやるしかない。

ビアンカはできるだけリュシアンを困惑させないよう、きりっとした顔でそう言い放つと、ひもを完全にほどいてするりと下穿きの中に手を入れた。

「あっ……」

次の瞬間、リュシアンがびくんと体を震わせる。

彼のすみれ色の瞳が困惑しつつもキラキラと濡れたように輝きながら、ビアンカを見上げていた。

妙に悔しそうだがどうしても拒めない――そういう表情に見えてドキドキする。

（いつも見上げてばかりのリュシアン様を見下ろして……なんだか……イケないことをしているみたい……って、ダメダメ！　私ったら不純な目でリュシアン様を見てるわ！）

ビアンカはすうっと大きく深呼吸をすると、胸の間に挟んでいたハンカチを取り出して、さっとリュシアンの目を覆う。

「ビ、ビアンカ……？」

いきなり視界をふさがれたリュシアンが戸惑うように声を上げたが、ビアンカは彼の唇に指をのせて、ささやいた。

「リュシアン様、私はリュシアン様のお体を癒やしたいだけなので、どうかそれ以上気になさらず……私にお任せください」

本当は妻として改めて最後まで抱いてほしいと思っているが、リュシアンの嫌がることはしたくないし、あわよくば彼に好かれたい。

（そう、好かれたいのよ……そして妻として心身ともに愛されるために、がんばろう！）

だから今は、彼が自分を好きになってくれるまで、今は癒やしのためのスキンシップを使って、なんとか心の距離を縮めるのだ。

ビアンカは真剣なまなざしで、夫の体を隅から隅までまさぐったのだった。

◇◇◇

「リュリュどうした。今日は目の下のクマがすごいぞ。毎晩妻を愛しすぎて寝不足なのか？」

「陛下、いつまでもリュリュと呼ぶのはやめてください。僕はもう四十間近の男です。それと妻のいやらしい想像をするのもやめてくださいさい。彼女は僕の妻ですよ」

リュシアンははぁと深いため息をつき、読み終えた新聞を閉じる。

執務室の窓の外からは、朝を知らせる小鳥たちのけたたましい鳴き声が、耳にうるさいほど響き渡っていた。

公務が始まる前のこのティータイムは、宰相と国王の他愛《たあい》もない雑談の時間で、毎日のルーティーンでもある。

「別にお前の嫁でいやらしい想像をしたわけじゃないんだが……わかったよ、リュシアン。すまなかった」

陛下と呼ばれた彼の名は、ランベール・ジョス・ヴァリエ・ネルキア。

金色の髪に紺碧《こんぺき》の瞳を持つ男こそ、後世の歴史書にネルキア王国近代化の父として称されるに違いないリュシアンの主であり、生涯をかけて仕えると決めたネルキア十三代目の国王である。

年はリュシアンの十歳上の四十八歳だが、長身のリュシアンよりさらに上背があり胸板も厚い。いかにも肉体派という雰囲気だ。事実、若かりし頃は血気盛んで周囲からは『ネルキアの若獅子』と呼ばれ、非常に恐れられていた。

リュシアンは十歳の時にこの男の侍従になり、それからずっと苦楽を共にしている。おそらく死ぬまで彼とその息子に仕えることになるだろう。

「あ〜あ。俺もお前の結婚披露パーティーに行きたかったよ」

ランベールは頭の後ろで手を組み、たくましい足を優雅に組みながら目を細める。

冗談めかしているが、こういうときのランベールはいたって本気だ。

「陛下が出席されたら、こちらがもてなさないといけないじゃないですか。勘弁してください」

リュシアンはさらりとそういって、眼鏡を指で押し上げた。

「ふむ。じゃあいつかお忍びで遊びに行ってやろう」

懲りないランベールはいたずらっ子のようにそういうと、

「それで新婚生活はどうだ、楽しんでるか？」

と、膝の上で頬杖を突いた。

王の問いかけにリュシアンは一瞬視線をさまよわせ、

「──これまで僕は、自分は女性にまったく興味がないのだと思ってきたんですが、そうではなかったようです」

紅茶のカップを口に運びながら言葉を続けた。

「妻は……その、非常に気が利く女性で、一生懸命仕えてくれています。ですから僕も夫として責任を果たすつもりでいます」

力強いリュシアンの答えを聞いて、ランベールは唇の端をにやりと持ち上げる。

「責任だなんて硬いぞ、リュシアン。昔から気に入っていたんだろう?」

「それは……まぁ、そうですね。ビアンカは貴族令嬢なのに、妙にたくましいというか。めそめそ泣いたりもしないし、根性があるというか、頭がよく素直で湿っぽいところがなくて、いいなとは思っていました」

「根性……?　うん、そうか……」

一瞬吹き出しそうに見えたが、リュシアンの真面目な顔を見て、王はなんとか表情を引き締めているようだ。

「彼女が結婚して父親を安心させたいと思っていると聞いた瞬間、完璧なめぐりあわせだと思い、立候補したのです」

「まさに渡りに船というやつだな」

ランベールはうんうんとうなずき、それから身を乗り出すようにして、ソファーに座ってお茶を飲んでいる宰相を見つめる。

「子供ができたら、名付け親になってやろう」

リュシアンはご満悦らしい陛下に向かって「恐れ入ります」と頭を下げる。

その一方で、

(この人、僕がまだ童貞で、毎晩妻にマッサージされるたびに眠れぬ夜を過ごしていると知ったら、ひっくり返って笑い死にするだろうな)

とも思った。

そう――リュシアンは童貞だった。

これまで一度も恋人をもったこともなく、娼婦も買ったことがなく、女と寝たことがない。ぴかぴかの筋金入りの童貞だ。あまりにも女っけがないものだから、若い頃は男色を疑われたこともあるが、純粋に性的なことに興味がない。

生殖機能は正常に発達しているので性欲をもよおすことはある。そういう時は夢精することもあったし、手早く自慰で済ませることもあったが、女性とわざわざ寝ようと思ったことは人生において一度もなかった。

リュシアンはとにかく時間が惜しかった。王太子の侍従として召し抱えられてから二十年以上、これが自分の『次の役目』なのだと必死だった。

どうやったら国の借金が減らせるか、貧困問題や治安維持、人口減少に歯止めをかけるための施策はないか、という国家の課題が山積みで、男としての楽しみだとか、娯楽の入る隙はまったくなかった。余暇には世界中の本や学術書を読み、他国であっても著者に手紙を送り熱心に交流を深めた。

女性から性的なお誘いを受けたことは数えきれないほどがあるが、情を交わす暇があったら本を一冊でも読む方を選んだ。

そんな調子で、気が付けばあっという間に二十年以上が過ぎ去っていたのだ。

ランベールに『結婚しろ』と命令されなければ、このまま一生独身を貫いただろう。

(そんな僕が、二十歳の妻に振り回されているわけですが……)

ふとした瞬間、脳裏にビアンカの顔がよぎる。

仕事場で妻のことを考えてしまうのは、よくないことだ。そう理性ではわかっているのだが、なぜか気持ちが抑えられない。ビアンカの葡萄《ぶどう》の蔓《つる》のようなウェーブのかかった黒髪や、新緑を映しとったような緑の瞳、柔らかい唇と白くてふわふわの肌のことばかり思い出して、そわそわしてしまう。

(おそらくこれは、初夜をきちんと完遂できなかったせいだな……)

あの夜のことを思い出すと、めったなことで揺らがないリュシアンの胸がざわざわと不穏な音を立てる。

(なぜ僕は、ビアンカに対してくだらない見栄を張ったんだろう)

『リュシアン様はご経験豊富かと思いますが、私は、初めてなのでっ……その、お手柔らかに、お願いしますっ……！』

頬を真っ赤に染めたビアンカにそう言われた時、本当は素直に『自分も初めてだ』と正直に伝えるべきだったのだ。

そもそもリュシアンは、自分が童貞であることを恥じてはいない。

女性と寝る暇があったら一冊でも本を読み勉強にあてたいと思い、それを実行していただけ。未経験を後ろめたく思っているのなら、あとくされのない相手にさっさと性体験を済ませていただろう。

だがなぜかリュシアンは、ビアンカに嘘をついた。経験豊富なふりをして、その結果、挿入前に吐精してしまい、挙句の果てに逃げ出してビアンカとはそれっきりだ。

（でも、僕は悪くない……はずだ）

そう、悪くない。ただ少し緊張しただけ。それ以上の意味などない。だがこのままでいいとは思っていない。自分が女性に振り回されるなど、あってはいけない。

リュシアンはネルキアの宰相で、プライベートな問題に振り回されている暇はない。自分の頭脳は、ネルキアの未来のために費やされるべきなのだ。

（初夜を完璧なかたちでやり直さなければならない。そうすれば胸の動悸《どうき》も落ち着くはずだ）

リュシアンは何度か深呼吸した後、こちらを見てにやにやし続けている王に向き合った。

「陛下。これはちょっとした相談なのですが」

「おうおう、珍しいな。言ってみろ」

「どうやったら、妻が僕を男として見てくれるようになるでしょうか」

「は？」

リュシアンの問いを聞いて、ランベールはぽかんとした表情になる。

「その……よく仕えてくれているとは思うんですが、まだ侍女気分が抜けていないようで……妻というよりも、侍女のように世話を焼きたがるのです」

初体験を不本意な形で失敗し、気まずさのあまりビアンカを避けまくっていたリュシアンだが、数日前からビアンカが部屋に突撃してきてマッサージをしてくれるようになった。

リュシアンを下穿き一枚のほぼ全裸にし、オイルで全身を撫でまわす。

しかも彼女は小一時間リュシアンをもみほぐした後は、一仕事終えたといわんばかりに『ではお休みなさいませ』と言って部屋に帰っていくのだ。

さらにマッサージの最中は『このほうが集中できますよね』と目隠しまでするのである。いったいなんのプレイだ。

当然、終わるころにはリュシアンの性器は激しく勃起しているし、溢れた先走りで下穿きはぐしょぐしょだしで、毎晩悶々《もんもん》として夜も眠れなくなった。

寝ても覚めてもビアンカのことばかり考えて、寝不足がたたって、仕事の効率が下がっている。最悪としか言いようがない。

（抱いてくれと言われれば、やり直してやるのに……）

だがビアンカはそんな気配は微塵《みじん》も感じさせない。悶々しているのは自分だけである。それが妙にリュシアンの癇に障った。

初めての時は失敗したが、あれはリュシアンのせいではない。入らず焦っていたところに、なんの前触れもなくリュシアンの性器に触れたビアンカが悪いのだ。決して快楽に負けたわけではない。そう、絶対に――。

宰相たる自分がただの男に成り下がるなど、そんなことがあってはならない。

（次は失敗しない。絶対に僕は、悪くない……はずだ！）

だが同時に、そんなことをビアンカに告げるのはなんだか大人げない気がして、結局新妻を避けているのだから本末転倒ではあるのだが。

「ネルキアの頭脳と呼ばれるお前にも、わからないことがあるんだなぁ」

そう言うランベールはなぜかにやにやしていた。

なんだかいろいろ誤解されている気がするが、勘違いだろう。

「政治的な交渉ならまだしも、私的な人付き合いは苦手なんです」

「妻相手に苦手だなんて言うのはダメだろ。お前のほうから申し出た結婚だぞ、リュリュ」

「――はい」

リュリュと呼ぶなと言いたくなったが、まっとうなことを指摘されたので言い返せなかった。

「よし、お前に数日休みをやろう。奥方と旅行でもして、仲を深めればいい」

ランベールはぱちんと指を鳴らし、その瞳をキラキラと輝かせる。

「旅行……は？　はぁ？」

この国の宰相たる自分にそんな余暇は許されないと思ったが、

「お前のためじゃない、新婚の妻のためだ」

とはっきり言われて、リュシアンは口をつぐんだ。確かに夫である自分には、妻であるビアンカに夫としての責任を果たす義務がある、はずだ。

「仕事は部下にまかせて、王都を離れて夫婦水いらずで過ごすんだ。宰相としてではなく、ひとりの男、夫としてな」

「……わかりました」

宰相でない自分なんて、もうリュシアンではないのだが、とりあえず主の言うことなのでうなずいた。

（確かに一方的に撫でまわされ続けていては、夫としての威厳が保てなくなる）

必要なのは、どちらが主人かわからせることだ。そう思うと同時に、ふと脳内にビアンカの花のような笑顔が浮かんで、胸がキュッと締め付けられる。

（ん？）

今の感覚は何だと手のひらを胸に当てたが、痛みはそれっきりだった。

とりあえずそんなこんなで、リュシアンは半ば強制的に休みを取ることになったのである。

◇◇◇

「えっ、新婚旅行っ⁉」

深夜にも関わらず、思わず大きな声が出てしまったが、許してほしい。

今晩も張り切ってリュシアンのマッサージをしようと夫の寝室に押し掛けたところで、

「陛下にお休みをいただきました。明日から新婚旅行に行きましょう」

と言われ、ビアンカは飛び上がらんばかりに喜んでしまった。

「ほ、本当ですか？　私とリュシアン様で旅行に行けるのですか？」

「と言っても二泊三日の短い旅行ですがね。列車に乗って南の保養地にある別荘に向かいます」

リュシアンは淡々とした様子でそう言うと、眼鏡を指で押し上げた。

「列車……新聞では読んだことがありますが、自分が乗るのは初めてです！」

ビアンカはドキドキしながら持っていた小瓶をテーブルに置き、夫を見つめる。

「ありがとうございます、リュシアン様。なんだか夢みたいです」

「いえ……その、僕も個人的な旅は生まれて初めてなので……それなりに楽しみですよ」

口調は相変わらずあっさりしているが、長い足を組みソファーに座っているリュシアンの頬は、興奮したようにうっすらと赤く染まっていた。言葉だけでなく本気で楽しみにしてくれている気がして、ビアンカはすっかり嬉しくなった。

生まれて初めての旅行というのも喜びの原因だが、なによりリュシアンと二泊三日で過ごせると聞いて、心が弾む。初夜の失敗から疎まれてしまったかもしれないと思っていたが、この連日のマッサージの効果があったのかもしれない。

(だとしたら今日も張り切ってやらなくちゃ！)

ビアンカはきゅっと唇を引き結び、リュシアンの膝に手をのせる。いつもよりマッサージに気合いが入りそうだ。

「ではリュシアン様、さっそくですが――」

ウキウキした気分で目隠しを取り出したところで、

「それっ、今晩は、やめておきましょうっ」

と、少し強めに手首をつかまれた。ビアンカが目をぱちくりさせると、

「その……明日は朝早いですから。きみはもう休みなさい。いいですね？」

と子供に言い聞かせるようにリュシアンが低い声で囁く。

「ではリュシアン様は？　おやすみになるのなら、その……同じベッドでもいいのでは」

「――」

たっぷり数秒、リュシアンは硬い表情で唇を引き結んだ後、

「持ち帰った仕事がありますので」

と端的に答える。

「……わかりました」

少し残念だったが、朝が早めにならビアンカも早く休んでおきたい。

「では別荘でゆっくりマッサージいたしますね。お休みなさいませ」

「えっ……いや……あぁ、おやすみ」

リュシアンは何度か唇を開けたり閉じたりしつつ、小さくうなずいた。

ビアンカはナイトガウンの裾をつまんで、マッサージのために持ってきた一式を胸に抱えて部屋を出る。ドアを閉めると同時に部屋の中から「はぁ～～……っ……」と夫の深いため息が聞こえた。かなりお疲れのようだ。

やはりマッサージをしたほうがいいのではと思ったが、リュシアンの先に寝ろと言った時のただならぬ表情を思い出し、後ろ髪を引かれつつも部屋に戻ったのだった。


そして迎えた翌朝。ビアンカとリュシアンは王都から出る列車に乗り込んだ。

侍女と従者は少し離れた一般車両で、ビアンカたちは絢爛豪華《けんらんごうか》な個室である。天井にはクリ

スタル製のシャンデリアが輝き、ゴブラン織りのソファーにクローゼットや鏡台など、どれも高級家具だと一目でわかる。

「これが列車の中だなんて、とても思えません……！」

はしたないと思いつつも、ビアンカはあんぐりと口をあけて周囲をぐるぐると見回す。

だがこれを見て平常心でいろというほうが難しいだろう。

そもそも列車は移動するためのもので、快適に過ごすという考えがなかったので、見るものすべてが新鮮だ。

そんな妻を咎《とが》めることなく、リュシアンは穏やかに目を細める。

「これは王族や各国の貴賓をお招きしたときの、特別な車両なんですよ」

今日のリュシアンは、白い無地のシャツにトラウザーズ、ライラックカラーのウエストコートを合わせ、黒のコートを上品に羽織っている。素性を知らない人間でも、リュシアンが名のある貴族なのだと一目でわかるに違いない。

「そうなんですね」

ビアンカは室内からリュシアンへと目線を移し、内心ほぅ、とため息を漏らす。

(それにしてもこんな素敵な方が私の旦那様なんて……。まだ信じられないわ)

そしてこの旅は新婚旅行なのだ。

念願の、夫婦水入らずの時間が過ごせる絶好のチャンスである。

（粗相のないようにしなくっちゃ）

興奮を飲み込み、背筋を伸ばしつつ改めて部屋の中を見回すと、確かにあちこちに国章が刻まれているのが確認できた。

「王室御用達なんですね。こんな立派な個室を使わせていただいていいんでしょうか……」

ネルキアの紋章を見て緊張したように真顔になるビアンカを見て、リュシアンはかぶっていたハットを帽子掛けにかけて苦笑する。

「もちろんです。新婚旅行は陛下からのプレゼントなので、素直に受け取っておきましょう」

やはりリュシアンは、国王陛下に特別な信頼を寄せられているらしい。

（すごいのはリュシアン様で私ではないけれど、なんだか誇らしいわね！）

ビアンカは浮き足し立ちながらも、窓に張り付いて外の景色をじいっと眺めた。

びゅんびゅんと景色が後ろに流れているのに、遠くの風景はまったく変わらない。

昨日は興奮のあまりよく眠れなかったが、見るもの、経験するものなにもかもが新鮮だ。瞬きするのも惜しいくらいである。

「生まれて初めての列車はどうですか？」

リュシアンがビアンカの隣に立ち、顔を覗き込んでくる。

「馬車よりもうんと早いんですね。なんだか目が回りそう……」

「我が国ではたかが十年程度ですが、帝国は六十年以上前から鉄道を走らせていたんですよ」

最先端技術を体験しているつもりだったビアンカは、彼の言葉にぎょっとしたように目を丸くする。

「六十年以上前っ？　そんな大国とずっと争っていたんですかっ⁉」

驚きすぎて大きな声が出てしまったが、次の瞬間、ビアンカは慌てて口元を指で押さえる。

「……申し訳ありません」

国を非難したようにとられたかもしれない。だがリュシアンは機嫌を損ねることなく、どこか皮肉っぽく唇の端を持ち上げた。

「いや、きみの言うとおりです。その純然たる事実から目をそらし、ネルキアをとことん貧しくしたのは前国王とその一派だ。彼らに自らの意思でご退場いただくのには、本当に、本当に苦労しました。前王に至っては退位後もあれこれと口出ししてきて……五年前に死んでくれたときは、せいせいしたくらいです」

リュシアンは銀色のまつ毛をゆっくりと瞬かせながら、なにかを思い出したように唇を引き結ぶ。王が死んでせいせいしたと言えるのは、きっとこの男くらいだろう。冗談めかしてはいるが、これまでの苦労が偲《しの》ばれるというものだ。

（二十年前、リュシアン様はまだ十八歳の少年だったはず。今の私よりも年下なのに、この国の未来を憂いて、人々の生活をよくするために陛下とともにずっと邁進されて……なんて立派なのかしら）

ビアンカが彼の侍女として働いていたこの一年、リュシアンのもとには大量の手紙と面会希望者が、連日何十人も訪れていた。

だが実際にリュシアンに会えるのはそのうちのごく一部で、ほとんどが門前払いの扱いを受けていた。相手が貴族であっても、名だたる商人であっても、貢物だって一切受け取らないと評判だった。

リュシアンの振る舞いからは私利私欲を感じないのだ。

その徹底ぶりは、身分の高い者はそれに応じて果たさねばならない責任と義務がある——貴族のノブレスオブリージュとは少し違う気がする。もっと無心で無垢《むく》で、どこか執念すら感じるような。

(でもそれって、なんだろう。どうしてリュシアン様は、そこまでなさるんだろう?)

胸の中で淡く広がっていくこの気持ちは、尊敬とはまた別の色がある気がして、ビアンカは少し落ちつかない気分になった。

(知りたいわ。リュシアン様の人となりをもっと知りたい)

この二泊三日の新婚旅行で、そうなれたらいい。ビアンカは心からそう思うのだった。

それからソファーに移動し、給仕が運んできた紅茶を飲み、ワクワクしながら車窓を眺めていると、

「そのデイ・ドレス、よく似合っていますね」

隣に座っていたリュシアンが、若干唐突にも感じるタイミングで、眼鏡を指で押し上げながらビアンカを見下ろしていた。

「これが今の流行なんだそうです。デザインもとってもかわいくて……私にはもったいないくらいです」

リュシアンの言葉に頬を染めつつうなずく。

ビアンカが今日の旅行のためにおろしたデイドレスは、体に張り付くほどスリムなシルエットの上衣に、首をほっそり長く見せるスタンドカラーが印象的なものだ。

細身のスカートを合わせつつ、オーバースカートの後ろをわざわざたくしあげ、スカートに縦にひだの幅を絞るデザインで、バッスルスタイルというらしい。ちなみに母や祖母くらいの時代には、身動きが取れないような巨大な円形スカートが大流行し、暖炉でくつろいでいると裾に火が移って火事になったとか、どこまで本当かわからない昔話も耳にしたことがあった。

「メイド服ほどではないんですが、割と歩きやすいように思います」

「女性も活動的になり、日中出歩くようになりましたからね。ファッションも時代とともに移り変わって当然だ」

そして彼は後ろに張り出したヒップの部分にそっと手のひらをのせる。

「あと十年もすればこれも廃れて、シルエットはもっとタイトになるでしょうね」

デザイナーでも仕立屋でもないリュシアンが、なぜファッションの十年先の未来を予言できるのだろう。

「なぜそんなことがおわかりになるのですか？」

不思議に思ったビアンカが首をかしげると、

「ミシンと合成染料のおかげで、ファッションは貴族だけのものではなくなりました。安価な既製服が登場し、大量消費されることが前提になり、消費行動は市民に追い越されつつある」

「あ……。生地の量を減らすために、シルエットを変える必要があって……だから全体的にタイトになる……？」

その瞬間、リュシアンはパッと表情を明るくして、

「そうです！」

と大きくうなずいた。

そして彼は両手でビアンカの頬を包み込み、すみれ色の瞳をキラキラと輝かせ、

「ビアンカ、きみは学ぶのにいい性格をしていますよ。素直な人間は成長できます」

と機嫌よさげに微笑んだ。

「そうですか？　リュシアン様に褒められて嬉しいです」

ビアンカがえへへと笑うと、

「——きみは本当に裏表がないんだな。人の言葉をそのまま受け取って……」

リュシアンが軽く目を細めて、じいっとビアンカを見つめてきた。

お互いになにも意識していない空気の中、ふたりの顔が思いのほか近づき心臓が跳ねる。

静かな胸の泉に、一滴虹色のしずくが落ち、そこから不思議なときめきが生まれた気がした。

彼の瞳の中に映る自分の影をもっと近くで確かめたくて、ビアンカはそのまま吸い寄せられるように夫に顔を近づける。

「ビアンカ……」

戸惑いながらこちらを見つめるリュシアンの耳が、ほんのり色づいている。

（リュシアン様……）

視線が絡み合った次の瞬間、ビアンカは震えながら目を閉じていた。

自分でもわかっている。これはキスをねだったのだ。

彼と気持ちが一瞬だけでも通じ合った気がして、だからキスをしてもっとくっつきたくなった。

「あ……」

目を閉じた瞬間、唇に柔らかいものが触れる。

リュシアンの唇だ。彼の唇がそっとビアンカの唇の表面を吸い、ちゅうっと音が響く。

その瞬間、ビアンカの体はほのかに熱を帯びる。幸福感が怒涛《どとう》のように押し寄せ、それまでの不安や焦りはあっという間に消え去って、神の恩寵《おんちょう》が満ちる幸福な世界に、足を一歩踏み入れたような気がした。

久しぶりのキスの感触に全身がぴりぴりと粟立《あわだ》つのを感じる。

「ビアンカ……きみの唇は、柔らかい……」

リュシアンの低い声は少しかすれていたが、それが妙に色っぽく聞こえる。

彼の大きな手はしばらくの間、ビアンカの頬を包み込んでいたかと思ったら、それからハーフアップに編み込まれた髪の感触を確かめるように、指に巻き付け始めた。

「いや、唇だけではありませんね」

そしてまた、頬を傾けて口づける。何度も何度も、触れるだけの子供のようなキスを繰り返す。ここにビアンカがいることを確認するような作業のすべてが、なにもかもが優しくて、胸がきゅうっと締め付けられたように苦しくなった。

ビアンカはうっすら瞼《まぶた》を持ち上げて、目の前の夫の顔を見つめる。膝の上でスカートを握りしめていた指をほどき、リュシアンの手の甲に重ねた。

「リュシアン、さま……さわって、ください……」

絞りだした声は彼の心に届いたのだろうか。

頬の上の彼の手を、ビアンカは自分の胸の上に導く。リュシアンの手のひらは、ビアンカの豊かな胸を覆うほど大きかった。

「あっ……?」

ビアンカの胸に手をのせたまま、リュシアンがあからさまに動揺している。

だがビアンカはめげなかった。この二泊三日の新婚旅行でリュシアンともっと近づきたい。手が振り払われない以上、先に進んでいいはずだ。

「きみの心臓……どっ……ドキドキ、しているようですが……？」

「は、はい……」

こくりとうなずくと、リュシアンのすみれ色の瞳にサッと情欲の色が走ったような気がした。

「私の気持ち、ちゃんと触って確かめてくださいっ……」

どんな女優だって鼓動を操ることはできないはずだから。

ビアンカは大きく深呼吸してまた目を閉じる。列車は結構な勢いで走行しているはずなのに、ゴクッとリュシアンが唾を飲み込む音が聞こえる。

「き、きみという人はっ……」

彼はかすかにうめき声を上げた後、そのままビアンカの唇にかみつくように唇を重ねてきた。強引に唇をこじ開け、歯列をなぞり、舌全体を使ってビアンカの口内をねっとりとなめ上げる。ぴちゃぴちゃと音を立てながら舌を吸うリュシアンは、かすかに息を乱しながら、それでもビアンカを味わい尽くしてやると言わんばかりの情念で、激しく舌を絡ませた。

（頭がぼうっとする……）

気が付けばビアンカの体はソファーに押し倒されていた。

（こ、これはもしかして、もしかするかしら……？）

ようやく夫が自分に興味を持ってくれた。毎日せっせとマッサージをした甲斐《かい》があったのだろうか。

ホッと胸を撫でおろし、ビアンカはおそるおそるリュシアンの首に両腕を回す。

今なら謝れるかもしれない。

「あの……初めてのときは、私に不手際があったんですよね……？　その……それがまったくわからなくて……リュシアン様にご迷惑をかけて、申し訳ありませんでした」

するとリュシアンは眼鏡を指で押し上げながら、唇をぎゅうっと引き結んだ。

謝罪しているビアンカよりも、よっぽど彼のほうが傷ついているように見える。

「いや……ビアンカ……僕こそ……その、実は」

僕こそ？　実は――？　いったいリュシアンはなにを告白するつもりなのだろう。

彼の次の発言を焦れた気持ちで待ちながら、ビアンカは夫の瞳をじいっと見つめる。

ダンダン！

「閣下、失礼します！　出発前にご所望だった新聞をご用意いたしました！」

ふたりの緊張した空気を切り裂くようなタイミングで、個室のドアがノックされる音が響く。

「っ……！」

リュシアンはソファーから跳ねるように立ち上がると、足早にドアへと向かっていった。

「あぁ、助かる。ありがとう」

眼鏡を何度も指で押し上げ、ドアの向こうにいる車掌から新聞の束を受け取る。そして同時に、侍女の「軽食をお持ちしました」という声が聞こえて、ビアンカの全身からものすごい勢いで熱が引いていき、代わりに羞恥心が怒濤のように押し寄せてきた。

（わぁぁぁ～～！　なんだかノリで先に進みそうになってしまったけど、ここは列車の中でまだ王都を出たばかりだった……！）

心の中で七転八倒しながら、ビアンカは上半身を起こして乱れた髪やドレスをささっと直すと、何事もなかったかのように表情を引き締める。

大丈夫、焦る必要はない。新婚旅行は始まったばかりだと自分に言い聞かせながら、ビアンカは車窓に目をやったのだった。

◇◇◇

（また、欲に負けそうになってしまった……！）

列車の中でのんびりと編み物しているビアンカを横目で見ながら、リュシアンは内心深いため息をつく。ビアンカはリュシアンに盗み見られていることに気づいていないらしく、無防備な様子でせっせと編み棒を動かしていた。

彼女のくるんと長いまつ毛はふさふさしていて動くたびにそわそわするし、ほんのりと開いた唇は吸い付きたくなるくらい魅力的だ。

つい先ほど、リュシアンはビアンカの魅力に負けて理性を飛ばしかけた。車掌が来なければ、リュシアンは彼女の中に強引に、己の性器を突き立てていたのではないだろうか。

（そんな、昼間から寝室ではない場所で情交にふけるなど、獣以下ではないか……！）

こみあげてくる嫌悪感を押し殺しながら、リュシアンは唇を引き結ぶ。

ネルキアの前王時代、貴族たちの風紀は乱れに乱れていた。夜ごと繰り広げられる舞踏会では、刺激を求めて多くの貴族たちが入り乱れ、王城のあちこちで不埒《ふらち》な行為が行われていたと聞く。

主であるランベールはたいそうな色男でそれはそれはモテたらしいが、結婚してからはぱったりと女遊びを辞め、王妃一筋の子煩悩な父親として生まれ変わった。

妻子を大事にしているのは大前提だが、ランベールは国民に尊敬される王室でないと、今後は生き残れないと常々口にしていた。王家は国民に敬愛されてこそ権威を保つことができる。そしてランベール同様、ネルキアの宰相である自分も、国民の模範でなければならない。間違っても女の体に溺れる男であってはいけないのだ。

（なのに、僕ときたら……！）

初夜が失敗に終わってから、ビアンカのことばかり考えているのは、手順を乱されたことに固執しているだけだと自分に言い聞かせていたが、ふと気を抜くと、今すぐにでも彼女の隣に腰を下ろして体を抱きしめ、キスをする自分を妄想してしまう。

ビアンカを視界に入れるたび、何度も、何度もだ。

（いや……これは『負けそう』ではない。もう完全に、僕はビアンカに負けているんだ！）

その事実に気づいた瞬間、リュシアンは全身から血の気が引くほどショックを受けていた。

これまで自分を理性の男だと信じていた。理性はすべてに打ち勝つ。色欲に負ける男などゴミだと思っていた。事実、王の侍従として働きだした少年のころから、どれほどの美姫《びき》に言い寄られようとも唇ひとつ許したことはない。

だがビアンカは違う。彼女に見つめられるだけでリュシアンの心臓は鼓動を速め、彼女の柔らかい唇に自分の唇を重ねたくて、たまらなくなってしまうのだ。

ビアンカが欲しくて気が狂いそうになる。

（僕が僕でなくなってしまう……。これは由々《ゆゆ》しき事態だ）

リュシアンは書類を睨《にら》みつけながら唇を引き結んだ。

前王時代から過激な政策を打ち出してきたリュシアンは、不特定多数の人間に恨みをかっている自覚があるので、城で働く人間のプロフィールはすべて頭に入れており、ビアンカのことも三年前から知っていた。

男爵である父親が商売に失敗し体調を崩したことから、社交界デビューを諦めて王城勤めを始めたこと。ほかの侍女や女官があわよくば身分の高い貴族の目に留《と》まりたがっているのに対し、ビアンカはどれだけ男たちに声をかけられても、あっさりと袖にしていること。

若い娘には珍しい勤務態度は、リュシアンの目には美徳と映った。

そんな折、たまたま長く勤めていた侍女が辞めると聞いて、

『次の侍女はビアンカ・シエルラに』

と女官長に伝えたのは、職務に忠実な彼女を好ましく思ったからである。

実際ビアンカはリュシアンによく仕えてくれた。ビアンカが侍女として働くようになってから、リュシアンの日々の生活はぐっと楽になった。

会議の日は基本まともに食事をとる暇もないのだが、ビアンカは命令せずともさっとつまめるサンドイッチや濃いめのコーヒーを適切なタイミングで運び入れてくれるし、仕事が長引いて疲れているときは清潔に整えられた枕の下に、手作りらしいラベンダーのサシェが差し込まれることもあった。

夏にはぬるめの湯船にミントの葉を入れ、冬にはお手製らしい毛糸の袋に包まれた湯たんぽをベッドの中に用意してくれた。

そういうこともあり、なかなかに気の利く侍女だと思っていたのだが、ある日、ビアンカのさらに優秀な一面に気づいた事件が起こった。

リュシアンは毎日膨大な量の手紙を書き、文官たちから上がってくる書類に目を通し、とにかく大量にインクを使うのだが、ある日突然、机の上のインク壺の中身が空になることがなく

なった。

最初は勘違いかと思っていたが、明日にでも新しいものを用意しようと考えていたインク壺《つぼ》が、翌日なみなみとインクで満たされていることに気づき、そこでようやくビアンカの仕業だと気が付いたのだ。

話を聞いてみると、リュシアンだけでなく城中の文官たちの執務室を訪れ、空の瓶を回収してひとつひとつ洗い、文具店にわざわざ返却しているのだと言う。

なぜそのような手間をかけるのか尋ねると、

「洗ったインク壺にまたインクを詰めて、まとめて持ってきてもらうんです。インク壺が新品じゃないからっていうそれだけで、三割もお値段を引いてもらえるんですよ～！」

と、嬉しそうにニコニコしているので、リュシアンは驚いてしまった。

そんなことをしておいて、ビアンカは差額を自分のポケットには入れなかったし、得意げにリュシアンに伝えることもしなかったのだ。

しばらく経って、給金を上げると伝えたらひっくり返りそうなくらい驚いていた。

「僕はきみの仕事に満足しています」

そう伝えると、ビアンカはものすごく嬉しそうに「これからも励みます」と応えた。

彼女は自分がやることを特別なことだと思っておらずいつも『仕事なので当然です』という顔をしていた。

そんなことがあり、リュシアンの中でビアンカは得難い人材に代わっていたのだ。

ビアンカと自分は似ている。仕事が好きで、それが苦ではない。合理的な考えのもとに動き、自分の意思を持つ人間だ。できればこれからも自分のそばにいてほしい。

その結果、この娘と結婚しようと決めたのだが――。

彼女と結婚してみて、気が付いた。

ビアンカはリュシアンよりもずっと、強い人間だということに。

（ああ、そうだ。僕のほうが彼女より弱いと、認めよう）

結婚すると決めてから、彼女のなにげない一挙手一投足に振り回されて、心をかき乱されるだけでなく、今や肉体まで支配され、周辺諸国から冷徹と恐れられた宰相の自分が、二十歳の小娘に男としてのプライドをぐちゃぐちゃにされかけている。

（みっともなさすぎる……）

恐怖で背筋がぞうっと震えた。

いやだいやだ。絶対にいやだ。これ以上自分を見失いたくない。宰相リュシアン・ファルケ・ガルシアという自分を失くしてしまったら、三歳で過去を捨てた自分には、もうなにも残らないではないか。

（そんなことになるなら死んだ方がマシだ……！）

左手の指輪を指で何度もなぞりながら、奥歯をかみしめる。

車窓から見える景色は、保養地のトーレイまであと三十分程度にまで近づいていた。

「主導権を握るのは僕だ……僕でなければならないんだ……」

リュシアンは低い声でつぶやくと、こぶしを強く握り深呼吸を繰り返す。

(どちらが主人か、ビアンカにわからせる必要がある)

リュシアンのつぶやきはそのまま、列車の揺れにかき消されたのだった。

◇◇◇

王都を出発してから約三時間後、列車はネルキアの保養地として有名なトーレイへと到着した。列車を降りると馬車が迎えに来ていて、そこからさらに別荘へと移動する。

トーレイ湖のほとりにあるレンガ色の別荘は二階建てで、大きなバルコニーが印象的な美しい建物だ。周囲を木々に囲まれ、目の前の美しい湖にはボートがいくつか浮かんでいる。

「わぁ……まるで絵本のような景色ね！」

「ベストシーズンは夏ですが、秋も木々が紅葉して美しいんですよ」

ビアンカの言葉に、侍女が荷物をほどきながらにこやかに微笑んだ。

ビアンカとリュシアンはバルコニーに出て、目の前いっぱいに広がる景色を眺める。

この土地の名物でもある湖のほとりにはいくつか別荘が点在していたが、今はビアンカたちだけらしい。

「移動中も仕事ばかりですみません」

コートを脱いだリュシアンが、バルコニーの手すりにもたれるようにして隣に立つ。

「いえ、そんな」

ビアンカはふるふると首を振った。

あの後、リュシアンは何事もなかったかのようにトランクから資料を出し、仕事を始めた。せめておしゃべりでもできればと思っていたので寂しく感じてしまったが、休みを作るために無理をさせているのもわかる。邪魔をしたくはない。

「忙しい中、リュシアン様はこうやってお時間を作ってくださったんですから」

えへへと笑うと、彼はどこか気まずそうに眼をそらした後、まっすぐに湖を見つめながらほんの少しだけ、まぶしそうに目を細める。

「――そうですか」

若干そっけなく感じたが、たぶん気のせいだろう。もしかしたら照れているのかもしれない。

ビアンカはにっこりと笑って、また前を見つめた。湖には午後の柔らかな太陽の光が反射して、キラキラと輝いている。

こうやって美しい景色を、肩を並べて一緒に見られる人がいる。

（あぁ……私、リュシアン様のこと、本当に好きだなぁ……）

唐突に、そう思った。そんな自分の気持ちに驚いて、それからちっともおかしなことではないと思いなおす。

もともと彼を人として尊敬していたが、恋愛的な感情ではなかった。だが知れば知るほど、ビアンカはリュシアンのことを尊敬だけでなく、ひとりの男性として好ましく思うようになっていたのだ。

今はもうふたりきりだ。もうちょっとだけ、くっついてもいいだろうか。

(大丈夫だよね。その……キスだってしたんだし)

列車の中でのことを思えば、拒まれることはないだろう。

ビアンカは意を決して、そうっと、ほんの半歩だけリュシアンに体を寄せた。

「あの、リュシアン様」

ふたりの腕がつつましやかに、ほんの少し触れた次の瞬間――。

「ぼっ……僕を誘惑するな……!」

リュシアンは血相を変えてビアンカを突き飛ばしていた。

ほんの少し肩を突かれただけだが、不意打ちだったのでビアンカの体はよろめき、バルコニーの手すりに体を打ち付けてしまった。

「きゃっ……」

ビアンカが小さく悲鳴を上げたのを見て、リュシアンは引きつったように真っ青になった。

力なくしゃがみこんだビアンカの前にひざまずき、慌てたように体を支える。

「す、すまない！　大丈夫ですか⁉」

「大丈夫です……ちょっとよろめいただけで……」

ビアンカは驚きつつも首を振った。

『僕を誘惑するな』

頭の中でリュシアンの言葉ががんがんと響いている。

ぶつけた痛みは本当になにも感じなかった。それよりも近づこうとして拒否されたことに衝撃を受けて、ひどく傷ついている自分に気が付いた。

(誘惑……。そうか……私、そう思われてたんだ)

初夜で失敗した原因も、汽車の中でキスをねだったのも、ここで寄り添おうとしたのも全部ビアンカだ。はしたないと軽蔑されたのだとようやく気が付いて、頭の中が真っ白になった。

「あ、その……急に近づいて、ごめんなさい……わ、たし……」

震えながら謝罪の言葉を口にする。

一方リュシアンも、己の口から出た言葉に驚いているようで、

「いや、すみません。今のは僕の失言でした……」

と、青い顔でつぶやく。

失言――。確かにリュシアンらしくない振る舞いだった。

だがそれが彼の本心だとしたら？　ビアンカはリュシアンに『みだらな女』だと思われていたということになる。その事実に思い至った瞬間、全身から血の気が引いて、吐き気がこみあげてきた。

彼に好意を持っていた分、このまま消えてなくなりたいと心から願った。

「や、わたし、あの……ごめんな、さっ……」

なんとか笑ってこの場を流そうとしたのに、鼻の奥がつんと痛くなって、目からぽろりと涙がこぼれる。

「びっ、ビアンカッ……」

リュシアンが青を通り越して紙よりも白くなる。

「っ……」

涙を流したのは久しぶりだったので、慌てて顔を伏せる。泣いた自分がビックリしてしまった。

そういえば最後に泣いたのはいつだっただろう。母が亡くなったときは小さすぎて覚えていないし、それからは父子で生きることに必死だった。

（そう、必死で……リュシアン様に嫌がられているなんて、考えもしなかった……）

指で頬の涙をぬぐいながら、立ち上がるために足に力を込める。

「あ、のっ、ビアンカ、申し訳ない、僕としたことが」

リュシアンが焦ったように手を伸ばしてくる。

だがビアンカはその手をとらず、自力でバルコニーの手すりをつかみ立ち上がると、行き場を失ったように差し出された手ではなく、彼の胸のあたりを軽くこぶしで、とん、と叩いた。決して力を入れたわけではない。だが女の細腕でしかないその柔らかな一撃は、リュシアンになにかの終わりを予感させ、動きを止める力があった。

「リュシアン様……もう、やめましょう。この結婚は、無理があったように思います」

うつむいたままのビアンカが瞬きをすると、まつ毛の先に残っていた涙が落ちた。

最後の涙が落ちたのを確認して、ビアンカはゆっくりと顔を上げる。

「父の所に戻りますね」

そして決してみじめに映らないように――ビアンカはにっこりと笑みを浮かべると、くるりと踵《きびす》を返し、ソファーの上に置きっぱなしだった小さなバッグを持って部屋を飛び出したのだった。

四章　夫の告白

父の領地である小さな村についたころには、すっかり日は落ちかけていた。完全に暗くなる前に、なんとか見覚えのある景色にたどり着けてホッとする。

「ビアンカ、急にどうしたんだい？」

驚き顔で出迎えた父に「リュシアン様に許可はいただいたわ」と伝えて、にっこりと笑う。

「そうか……。まぁ、宰相殿もお忙しいからな」

父は都合よく脳内で理由を作ると、ビアンカの帰りを純粋に喜んでくれた。

屋敷で働いているのは通いの村の住人なので、夕食の準備を終えるとみな家に帰ってしまう。

貧乏貴族なので仕方ないし、逆に通いだからこそお給金を支払うことができるとも言える。

「ちょうど今から夕食だったんだ。一緒に食べようか」

「じゃあ着替えてくるわね」

ビアンカは自分の部屋に戻り、地味な綿の室内着に手早く着替える。

姿見の中の自分は、見慣れたいつもの自分だ。

（やっぱり、罰《ばち》が当たったんだわ……）

ビアンカは唇を引き結びながら、奥歯をぎゅっとかみしめる。

私利私欲だけで結婚を選び、本来であれば聖なる行いである結婚を汚した。

それでも契約結婚で満足するべきだったのに、分不相応にも夢を見て、リュシアンと愛し合えるのではないかと勘違いしてしまった。

（リュシアン様は……私を妻にした責任があるから頑張ってくださったんだろうな……なのに私ったら勘違いして……軽蔑されちゃった）

誘惑するなとビアンカを突き飛ばしたリュシアンの顔が、頭から離れない。

たとえば冷たくされたとか、そっけなくあしらわれたとか、そんなことならまだ我慢ができる。だがリュシアンの顔は引きつっていた。

国家と結婚しているとまで揶揄される、あのリュシアン・ファルケ・ガルシアが、どこか怯《おび》えたような態度でビアンカを拒絶したのだ。

きっと彼の目には、ビアンカのはしたない本心が透けて見え、おぞましい人間だと思われたに違いない。好きな人にそんな風に思われたなんて、本当にいたたまれない。いっそ泡のように消えて無くなりたいくらいだった。

（私みたいな未熟な女性じゃなくて……。大人で……知性があって……落ち着いていて、リュシアン様に釣り合う女性だったら、こんなことにはならなかったんだろうな）

彼はそんなことをまったく望んでいなかったのに、頑張ればうまくいくと勘違いしてしまった自分の、ひとりよがりが恥ずかしい。

そもそも頑張るなんて、リュシアンがそれを望んでいない以上、一方的な話だったのだ。

「はぁ……泣くつもりなんてなかったのにな……」

せっかく侍女としてのビアンカを気に入ってくれていたのに、すべてを台無しにしてしまった。大人の男性であるリュシアンは、逃げ出したビアンカにさぞかし呆れたことだろう。

ビアンカは小さくため息をつくと、ぱちんと自分の頬を叩いて気合いを入れ、それから食堂へと向かう。

テーブルの上にはコックが作ったメニューが並べられている。カブのポタージュにパンとチーズ、スパイスをきかせて焼いた豚肉のソテー。父の好きなメニューだ。

「パパ、お肉が食べられるほど元気になったのね」

以前はベッドから起き上がるのも辛そうだったので、症状はかなりよくなっているようだ。

「ああ、お前が結婚してからすごく体調がいいんだ。最近は毎日自分で起きて、散歩をしたり釣りをしたりも出来ているよ」

父はニコニコと笑いながらナプキンを広げ、それからビアンカの顔を優しい目で見つめる。

「結婚すると聞いたときはそりゃあ驚いたけど……あれからリュシアン様はまめに贈り物に直筆の手紙を添えて、送ってくれてね」

「えっ、手紙？」

ポタージュにパンを浸しながら食べていたビアンカは、驚いて目を丸くする。

「あぁ。お忙しいだろうにねぇ……。でもその手紙が嬉しくてね。今では一番の楽しみなんだ。ビアンカは本当に素晴らしい人と結婚したんだね」

そして父はビアンカとの会話を楽しみつつ、ゆっくりと時間をかけて食事をたいらげると、

「リュシアン様に本を頂戴したんだ。読み終わったら感想をお伝えすることになっているんだよ」

と言って、いそいそと部屋に戻ってしまった。

（リュシアン様、パパにそんなことをしてくれていたんだ……）

父の嬉しそうな顔と、リュシアンの思いやりに胸がぐっと詰まる。

（私は全然、パパに手紙を書こうなんて考えなかったわ）

勿論《もちろん》、この三年の間に手紙は何度か送ったことはある。だが毎日の仕事の内容はほぼ同じだし、それほど伝えることもないからと、数か月に一度送ればいい方だった。

あんなに喜んでくれるなら、はがき一枚でもまめに送ればよかった。薬代を稼いでいるのだから問題ないと思っていた自分が冷たく感じて、恥ずかしい。

「はぁ……」

ビアンカはうなだれて部屋に戻ると、自分で湯を沸かし体を清め、そのままベッドにもぐり

こんだ。

　当然だが目を閉じたところで寝られるわけがない。

「これからどうしよう……」

　薄い毛布にくるまってビアンカはうめき声をあげる。

　離縁することになったと伝えたら、父はどれだけ傷つくだろうか。あんなに喜んでいたのに、また一気に具合が悪くなるのではないかと思うと、胃のあたりがキリキリと痛くなる。

（リュシアン様にお願いして、もう少しは偽装夫婦でいてもらう？）

　だがそれはただの問題の先送りだし、なにより自分が辛い。

　諦めようと実家に戻ってきて早々、父から手紙の一件を聞いて、余計リュシアンを好きになってしまったような執念深い女だ。なのに彼からは夫を誘惑するみだらな女だと思われているなんて、辛すぎる。

　いっそ結婚前に時間が巻き戻ってくれないだろうか。彼に目をかけてもらっていた侍女のままでいられたら――今はそう思わずにはいられない。

　ビアンカは自他ともに自分を楽観的な人間だと思っていたが、さすがに今は『なんとかなるさ』とは思えなくなっていた。

（いっそあの人のことを嫌いになれたらいいのに……。リュシアン様のいやなところなんて、なにひとつ思い浮かばないわ）

そして相対的に、どんどん自分を嫌いになりかけている。負の連鎖である。

今日、何度目かのため息をついたところで、窓の外からかすかに声がした。

そしてドアを叩く音が続く。

「――ん？」

ベッドから体を起こし、枕元のランプをつけてカーテンの隙間から玄関を見下ろす。

村の誰かが来たのだろうか。だとしても少し時間が遅いが、なにか問題が起こったのだろうか。

ビアンカは少しだけ悩んだ後、ネグリジェの上にナイトガウンを羽織り、階段を下りる。

相変わらずドンドン、とドアがノックされている。

「はい……。どなたですか？」

ドアの前に立ち、恐る恐る尋ねると、

「――ビアンカ、僕だ！」

向こうから、震える男性の声がした。

◇◇◇

出ていくビアンカを引き留めることができなかった。いや、なにもできなかった。文字通りリュシアンはその場に凍り付いたまま、動けなかったのだ。

情けないことに、目を開けているはずなのに目の前が真っ暗になり、脳が彼女の美しい緑の目から零れ落ちる涙を延々と反芻《はんすう》していて、完全に意識が飛んでしまった。

己の人生の中で、こんなにショックを受けたのはいつ以来だろう。

（ショックを受けている？　僕が？）

国家と結婚したとまで言われた自分が、妻に出ていかれて立てなくなるほどのショックを受けている。

膝の上で組んだ指は、絶え間なく指輪をなぞり必死に心を落ち着けようとしていた。

バルコニーの床に膝を立てて座ったまま、ぽつりとつぶやく。

「──悪いのは、僕だ」

そう、自分が悪い。ビアンカがそっと寄り添うように近づいてきたとき、リュシアンは発作的に彼女を突き飛ばしてしまった。彼女の気配を感じただけで心臓が高鳴り、とっさに『僕を誘惑するな……！』と、妻を悪魔のように振り払ったのだ。

ビアンカに触れられたらまた自分が自分でなくなる気がして、ペースを乱されるのが怖くて、結果的に突き飛ばした。それでもビアンカはリュシアンを責めることなく、笑顔を見せてくれたが、感情を抑えきれなかったのか、泣いて出て行ってしまった。

ビアンカはなにも悪くない。悪いのはリュシアンだけである。

本当に大切なものは失ってから気づくという。

人は理性で行動をコントロールできる生き物のはずだ。そんなわけがあるかと鼻で笑っていたが、今リュシアンはひしひしとそれを実感していた。

(これでもう、ビアンカとは終わったのだろうか……)

胸の奥でありえないくらい心臓がどくどくと跳ね回っている。うまく息が吸えない。頭がクラクラする。このままでいいはずがないのに、どうしていいかわからない。

リュシアンが我を取り戻したのは、しばらくして従者から、

「奥様がまだ戻られないようですが、よろしかったのでしょうか」

と控えめな態度で尋ねられてからだ。

詳しく聞いてみると、ビアンカに「父の所に行かなければならなくなった」「リュシアン様の許可は取っています」と言われ、駅まで送り切符を買って渡したのだという。

「でも、供の人間もつけないで、本当に大丈夫だったのかとずっと気にかかっていて……」

従者の言うことももっともだ。うら若い女性がひとりで行動するなんて危なすぎる。

「――すぐに迎えに行く必要があります」

リュシアンはそう言って跳ねるように立ち上がると、すぐに駅へと向かい列車に飛び乗った。

そして今、なんとか男爵の領地の小さな村にたどり着き、がむしゃらにドアを叩いている。

「ビアンカ、開けてくれ、僕だ、リュシアンだ!　話したいことがある!」

必死で声をあげている自分を、もうひとりの自分が戸惑いながら見下ろしている。

こんなことをしてどうなる？　もう自分は嫌われたのだ。追いかけても彼女は困るだけだろう。むしろ国王陛下に『やはり結婚生活は向いていませんでした』と告げて、これからビアンカが路頭に迷ったりしないよう、一生働かずしても生きられるよう資産を分配すればビアンカだって幸せなのではないか。

ああ、そうだ。彼女が子供を産みたいなら、男を紹介してもいい。リュシアンの部下の中には気の利いた男もいたはずだ。

自分のような堅物ではなく、朗らかで人付き合いもうまい青年なら、ビアンカを幸せにできるのではないか。

（――――は？）

自分以外の男がビアンカと結婚する？

その瞬間、全身がぶわっと総毛だった。

彼女にほかの男が触れるなんてありえない。ビアンカは僕のものだ。彼女を見つけたのも僕だ。そう、僕だ！　誰にも渡してなるものか！

「ビアンカ……！」

そうやってしばらくドアを叩き続けていると、パッと二階の窓から明かりが漏れる。

それから「どなたですか？」と、少し戸惑いを含めた声が返ってきた。

「――ビアンカ、僕だ！」

◇◇◇

ドアの向こうから聞こえた声は、確かにリュシアンの声だった。

「えっ……！　リュシアン様⁉」

ビアンカは驚いて閂《かんぬき》を外しドアを開ける。次の瞬間、隙間に体を割り入れるようにしてひとりの男性が飛び込んできた。ドアの向こうから差し込む月の光に照らされて、リュシアンの銀髪がキラキラと風に揺らめき輝く。

「ビアンカッ……」

リュシアンはうめき声のような低い声でビアンカの名前を呼ぶと、そのまま両腕を伸ばしビアンカの体をひしと抱きしめた。

いきなり抱き寄せられて、ビアンカのかかとが持ち上がった。リュシアンが使っている香水の匂いと、ナイトガウン越しにリュシアンのたくましい胸板を感じて心臓が跳ねる。

だがその瞬間『僕を誘惑するな……！』と叫んだリュシアンの顔を思い出し、慌ててリュシアンの胸を力いっぱい押し返していた。

「や、やめてください……！」

突き飛ばされたリュシアンは一瞬驚いたように切れ長の目を大きく見開いたが、帽子の鍔《つば》をつかみ目を伏せる。

「夜分にすみませんでした。きみと話がしたくて」

「……」

ビアンカはじっとリュシアンを見上げる。彼がなにを考えているかはわからないが、どうやら供の人間も連れておらずひとりのようだ。あまりいい話ではない気がして胸がざわめく。

それでも追い返すわけにはいかない。この期に及んで、まだビアンカはリュシアンの顔を見られて嬉しいと思っているのだから——。

「二階の奥の部屋で待っていてください。お茶を用意しますので」

理性をかき集めたビアンカは低い声でそう言うと、リュシアンに背中を向けて台所へと向かった。二階の奥の部屋というのはビアンカの私室のことだ。さすがに宰相閣下を玄関に立たせておくわけにもいかないし、なによりこの状況を父に知られたくない。

小鍋に水瓶《みずがめ》から水を移し、茶葉を山盛りふたり分入れてかまどに火をつける。沸騰するのを待ちながら、唇を引き結んだ。

「もしかして、離縁の話し合い……なのかしら」

わざわざ深夜に来たのだ。時間を無駄にしたくないリュシアンのことだから、一刻も早く決着をつけたくて追いかけてきたのかもしれない。

「やだなぁ……」

思わず漏れた言葉が、自分が思っている以上に落ち込んでいて、気を緩めたら子供のように泣きだしてしまいそうで、必死に唇を引き結ぶ。

ビアンカは目の端に浮かぶ涙をそっと指先で拭い、沸騰して沸き上がった小鍋にミルクを注ぎ、沸騰する前に火を止める。とっておきのティーカップをトレーに並べ、茶葉をこしながら注ぎ分け小皿にビスケットを添えた。お茶を淹《い》れる一連の作業をこなしたことで、少しだけ気持ちが落ち着いたようだ。

これ以上リュシアンにがっかりされたくない。なにを言われても絶対に取り乱さないようにしよう。そう思いながら二階へと上がった。

「――お待たせしました」

ノックしてドアを開けると、リュシアンはコートを羽織ったまま、所在なさげに部屋の真ん中に立っていた。

彼のゴージャスな美貌と素朴な部屋がまったく釣り合っていない。

まるで三文芝居を見ているようだと思いながら、ビアンカはリュシアンに微笑みかける。

「お茶を淹れてきましたので、どうぞお座り下さい」

ビアンカがそう言って開け放たれたドアを閉め、トレーを部屋の真ん中の丸テーブルの上に置くと、リュシアンは「ああ……」と言ってコートを脱いだ。

いつものように背後に立ってコートを受け取ると、リュシアンはどこか気まずそうな表情になったが、相変わらず椅子に腰を下ろす様子がない。突っ立ったままである。

「リュシアン様、申し訳ないのですが一階の応接室は父の部屋の隣なんです。こんな時間ですし、起こしたくないので……粗末な部屋ですが、お許しいただけませんか」

一応まだ形式上は夫婦なので、ふたりきりになることに問題はないはずだ。

おそるおそるそう声をかけた瞬間、リュシアンははっとしたように顔を上げて、

「そういうつもりじゃなかった。すみません」

と言い、慌ただしく椅子に腰を下ろした。

(じゃあどういうつもりだったのかしら……)

だがもうなにも聞けない。自分がなにかを言ったりやろうとしたりすると、リュシアンを困らせるだけだから。

ビアンカは無言でカップとソーサーを引き寄せて、そうっとミルクティーに口をつける。

あれこれと適当にスパイスも足したので、ピリッとした刺激があって美味《おい》しい。温かいものが胃に落ちて染み渡る感覚に、ビアンカがほっと息を漏らすと、こちらを食い入るように見つめているリュシアンと目が合った。

窓際の物書き机の上に置いたランプだけが部屋を照らしている。リュシアンの陶器のようななめらかな頬が、橙色《だいだいいろ》の明かりに照らされてぼうっと浮き上がっていた。

「――ビアンカ」

緊張が伝わってくる低い声だった。

ああ、いよいよ離縁を言い渡されるのだろうなと思った次の瞬間、

「僕は童貞なんです」

かすれた声で、リュシアンがささやいた。

人は予想外の言葉を耳にした時、確かに聞いたはずの言葉でも、簡単に耳をすり抜けていくらしい。

「え？」

一瞬なにを言われたかわからず、ビアンカは首をかしげる。

「あの……今、なんて？」

ビアンカの素朴な問いかけに、リュシアンは表情を引き締めたまま、眼鏡を指で押し上げつつ、今度は一語一句ゆっくりと。

「僕は生まれてこの方、女性と寝た経験がありません。童貞です」

と、宣言した。

女性と寝た経験がない。童貞。彼の形のいい唇が、そう動くのがはっきりわかった。

「えっ……えっ？」

ビアンカは唇を震わせる。

リュシアン・ファルケ・ガルシアが未経験？

この国で一番見栄えのする男が、三十八歳の色男が、宰相閣下が、童貞⁉

まさか、そんなはずがないと思うと同時に、初夜で彼が『指南書』がどうのとつぶやいていたのを思い出す。そして最後までしないまま立ち去ったことも、その後ずっと避けられていたことも、リュシアンがそう、だったなら、点と線が繋《つな》がる。

（初めてだから、うまくできなくて……気まずかったってこと？）

だがそれを信じていいのだろうか。もしかしたら自分を適当に言いくるめようとしているのかもしれない。表情を強張《こわば》らせるビアンカに対して、リュシアンはさらに声を絞り出す。

「――僕は、侯爵の実子ではありません」

「は？」

「表向きは、侯爵が亡き妹の忘れ形見を養子に取った、ということになっていますが、真実は違う。僕は国境近くの小さな教会で生まれ、娼婦の母親に捨てられた孤児です」

リュシアンの唇から発せられた言葉に、ビアンカの頭は真っ白になった。

「侯爵の妹であるアニエス――便宜上、母と呼びますが……彼女は十八で帝国に嫁いだ後、たったひとりの息子を失くし心を壊してしまったそうです。夫に離縁を言い渡された彼女は、帰国後は父の庇護《ひご》のもと療養していました。妹を溺愛していた父は、いよいよもう寿命が尽きるという段階になって、せめて亡き息子に似た子供をそばに置いてやろうと、国中を捜索しました。そして見つけられたのが、僕です」

「珍しい銀色の髪に、すみれの瞳……だったから？」

「まぁ、そうですね。アニエスの夫が銀髪に碧眼《へきがん》だったらしいです。今はこんな色をしていますが、子供のころは普通に青い目だったので」

リュシアンは苦笑しつつ眼鏡を指で押し上げる。

「侯爵家に引き取られた僕は、アニエスの子、リュシアンとしてその後半年ほど彼女と生活しました。アニエスが眠るように亡くなった後は、教会に戻されると思っていたんですが、侯爵は僕を養子として迎え入れてくださったんです。亡き妹の忘れ形見、としてね」

そして彼は軽く息を吐いて、少し遠い目で宙を見つめる。

「僕はもう、昔の名前を憶えていない。だから過去の持ち物はこれひとつ……娼婦だった産みの母が置いていったという、何の変哲もない指輪だけです」

リュシアンは左手を軽く持ち上げて、手袋越しに小指にはめられた指輪を撫でた。

アクセサリーにまったく興味がない様子のリュシアンが、唯一身に着けていた指輪。

考え事があるときに、そうっと指先で撫でていたあのそっけない銀の指輪にそんな由来があるなんて、考えもしなかった。

「っ……そ、そんな……あぁ、待ってくださいリュシアン様……」

声を震わせるビアンカを見て、リュシアンはゆるゆると首を振った。

「ビアンカ。きみは僕に同情してくれているんですね。でも大丈夫。僕は自分の過去を恥じてはいない。ただリュシアンとして生きることが、三歳の僕に与えられた役目で、使命だと思ったから、他人から求められる自分であろうとしてきただけです」

もう、ビアンカはなにも言えなかった。ノブレスオブレージュとは少し違う。侯爵令息でありながら、彼が脇目もふらず仕事に邁進してきた理由がようやく理解できた気がした。

「……だから、あなたは自分を捨てて、すべてを犠牲にして生きてきたんですか？」

絞りだした声は震えていた。

これは誰に対しての怒りなのだろう。

責任を取らなかった実の父親？　リュシアンを捨てた産みの母親？

利己的な理由でリュシアンから名前を奪った、侯爵とその姉？

いいや、違う。

(私だって同類だ……！)

ビアンカだって彼を利用した。侯爵の息子にして伯爵に叙せられた彼と結婚すれば、父親に十分援助できるだろうという打算で、彼との結婚を選んだ。夫としての役割を押し付けた。

そんな自分がなぜ他人を責められるだろう。

震えながら唇を引き結ぶビアンカを見て、リュシアンは少し不思議そうな顔をした。

「ビアンカ。繰り返しになりますが、これが僕が生まれた意味だと思ったから、そうしただけです。誰にも強要なんてされていません」

リュシアンは長いまつ毛を伏せて、言葉を続ける。

「求められる自分であろうと努力し続けたのは確かですが、もともと僕は孤児です。まともに生きられる可能性は限りなくゼロに近かった。ですが運よく教会で三歳まで育ててもらい、人とちょっと毛色が違っただけで、侯爵家に引きとられ王子の侍従になりました。とにかくすべてにおいて、運がよかったんです」

彼はふっと唇に笑みを浮かべる。

「そしてそのあとは、誰に強制されたわけでもなく、自分がやりたいようにやってきただけ。誰かのせいで、こんないびつな男に育ったわけではありません」

リュシアンはきっぱりとそう言い切って、改めてビアンカをまっすぐに見つめた。

どうやらリュシアンは、自分を産んで捨てた母を含め、誰も恨んでいないらしい。それがビアンカは信じられなかった。

仮に自分が同じ立場だったとしたら、こんなふうに努力し続ける人間になれただろうか。

いや、無理だ。まず自分を産んで捨てた母を恨むし、誰かの代わりとして人生を生きることを強制し、名前を奪った貴族たちの身勝手さを恨んだろう。

成長するにつれて性格はねじ曲がりそうだし、闇を抱えそうだし、侯爵家に引き取られたら、その身分と権力をかさに着て、とんだ放蕩《ほうとう》息子に育った気がするし、宰相になったらなったで、私利私欲に走り私腹を肥やしたのではないか。

なのにリュシアンには、他人を責めるという感覚がまったくないのだ。

そして過去すら恨まない。すべて自分の選択の結果だと信じている。

(なんて、心がお強い方なのかしら……)

そしてなにより、リュシアンはその心根が善良なのだ。

他人は彼のことを『血も涙もない宰相閣下』だと揶揄するけれど、リュシアンは孤児出身だからこそ、この国をよくしようと、ずっと努力しているだけなのだ。

ビアンカの心が、じわじわとしびれるように温かくなる。

(どうしよう……私、リュシアン様のこと、ぎゅって、抱きしめたいかも……)

かわいそうだとかそんなことで、彼を慰めたいわけではない。

誇り高いリュシアンは、そんなことを望んではいないだろう。ただ、ビアンカは『すっごく頑張って、えらい!』とリュシアンを力の限り褒めたいだけだった。

(間にテーブルがなかったら、飛びついていたかも)

ビアンカは唇を強く引き結び、自制するために膝の上でこぶしをぎゅっと握った後、おそるおそるリュシアンのテーブルの上の手に、自分の手を重ねた。

「……ビアンカ」

リュシアンは驚いたように目を丸くしたが、やんわりと微笑むビアンカを見て、どこか吹っ切れたように大きく息を吐き、さらに言葉を続ける。

「なので……僕のきみに対するあれこれの無礼を、未経験ゆえだと言い訳するのは簡単なのですが……それはそれ。ひとりの男として、夫として、恥ずべき態度だったことを謝りたい」

そしてリュシアンはそのまま深々と頭を下げる。

「ビアンカ、僕を許してください」

テーブルの上についた手が、ぎゅっと握りしめられる。

「結婚してから僕は失敗ばかりしている。きみが僕に幻滅しているのもわかっています。許しを得るなんて図々しいということも、わかっています。でも僕は……やっぱり離縁はしたくない。きみに妻でいてほしい。三十八で童貞なことに不安があるなら、きちんと練習します」

これまでいい感じだったのに、急に思ってもみなかった単語が出てきて、ビアンカは首をかしげた。

「えっ、練習……って？」

すると彼はひどく真面目な顔をして顔を上げると、空いた手で眼鏡をクイッと持ち上げる。

「王家には閨指南がいますから。ランベール陛下に頼めば……」

リュシアンの言わんとすることがようやくわかって、脳天に雷が落ちるような衝撃を受けた。

なんとリュシアンは、プロの女性で童貞を捨ててくると言っているのだ。

リュシアンが自分以外の女性を抱くところを想像して、全身から血の気が引いた。

「いっ……いやです練習なんてやめてくださいっ！」

恥も外聞もない。ビアンカは椅子から立ち上がり、叫んでいた。椅子が豪快に音を立てて後ろに倒れ、足がよろめく。

「大丈夫ですか……！」

リュシアンはふらついたビアンカの体に飛びつき、慌てたように背中を抱き寄せる。一方、ビアンカは無我夢中でリュシアンにしがみつき、声を大にして叫んでいた。

「練習なら私でしてください、私だって初めてなんですから、ふたりですればいいじゃないですかっ……！　ほかの女性にリュシアン様が触るなんて、絶対にいやです、やだ、ぜ〜ったいにいやですっ……！」

その状況を想像しただけで、ビアンカの胸はぎりぎりと締め付けられ、心がズタズタに切り裂かれそうになる。

「ビアンカ……」

頭の上で、驚き戸惑う声がする。

「リュシアン様の妻は私です！　ほかの女性としないで！　私なんかじゃ物足りないかもしれないけれど、私だけにしてくださいっ……！」

我ながら、なんて大胆なことを口にしているのだと恥ずかしくなる。

だがビアンカは引かなかった。ここで遠慮しているようでは、もうだめだとわかったから。

本当にリュシアンと仲良くなりたいなら、マッサージをして自分に慣れてもらうとか、そんなことをせずに、まず心を開くべきだったのだ。

自分の気持ちを伝えずして、どうして気持ちを通じ合わせることができるだろう。

ビアンカは、もう絶対に離れないぞという意思を込めて、リュシアンの白いベストの背中に強く腕を回した。彼の顔立ちは女性よりも美しいのにその体はたくましく、こんな状況にも拘わらず、抱きついているだけでビアンカの胸は甘くうずいてしまう。

（離れたくない……）

ビアンカはおでこをすりすりとリュシアンの胸に押し付ける。

締め切った窓の外から、冷たい風が木々を揺らし寂しい音を立てるのが聞こえる。

静まりかえった部屋はただ、ふたりの呼吸の気配だけがあった。

それからややして、頭上から小さな声で、

「……ビアンカ」

と名を呼ばれる。

緊張しつつ顔をあげると、思ったよりも近くにリュシアンの白皙《はくせき》の美貌が迫っていた。

「あの……？」

目をぱちくりさせると同時に、そうっと唇が塞がれて。眼鏡が鼻筋をかすめ、ちゅっと、リップ音が鳴った。

「リュシアン様……？」

「――悪くない提案だと思います」

リュシアンは視線をさまよわせながら、小さな声でささやいた。

「え？」

首をかしげると、彼は中指で眼鏡を押し上げながら少し早口でもう一度、つぶやく。

「だから……きみが僕を疎んでいないことがわかって……少々、気が楽になりました」

そう言い切った瞬間、リュシアンの顔がカーッと赤く染まった。

「もしかして、照れておられるんですか……？」

信じられない気持ちで尋ねたところで、リュシアンは苦虫をかみつぶしたように眉根をぎゅっと寄せ、

「だったらなんだというんです⁉」

と、今度は苛立《いらだ》ったように唇を引き結ぶ。

美人が怒ると威圧的になりがちだが、ビアンカはちっとも怖くなかった。

くるくると変わる彼の表情はとても魅力的だったし、すみれ色の瞳はうるうると宝石のように輝いていたから。

「わ、私もっ、うっ……嬉しいですっ！」

感極まって震えるビアンカを見下ろしつつ、リュシアンは切れ長の目を細める。

「う、嬉しいんですか？」

「はい……。えっ、リュシアン様は違うんですか？」

また勘違いしたのだろうかと慌てて口元に手をあてると、

「違いませんよッ！　僕も嬉しいですっ！　そもそもきみと結婚できてよかったって思ってたんですよ、ええ最初からね！」

リュシアンの顔が熟れすぎたトマトのように真っ赤になった。

「よかった～……！　このまま背中に羽が生えて、帝国まで飛んで行けそうです！」

ニコニコ笑うビアンカとは対極的に、リュシアンは何度も「あ～もうっ」とか「汗が止まりません」とかブツブツつぶやいていたが、最終的に吹っ切れたようだ。

深呼吸を繰り返した後、眼鏡を押し上げ、特段キリッとした表情でビアンカを見下ろした。

「遠くに飛んでいかれたら困ります。妻はいつだって夫のそばにいてくれなくては」

「リュシアン様……」

彼のすみれ色の瞳がほんのりと濡れている。ビアンカはゆっくりと腕に力を込めて、低い声でささやいた。

「では今日こそ、私を妻にしてくださいますか？」

リュシアンは一瞬だけ不思議そうな顔をしたが、数秒後なにを言わんとしているか理解したらしい。

クラバットの下の喉ぼとけが、大きく上下する。

その事実に気が付いたとき、ビアンカはリュシアンが自分にたまらなく欲情していることに気づいたのだった。

リュシアンはビアンカの手を取り、そのまま部屋の奥のベッドに並んで腰を下ろした。

両手の白い手袋を外してベッドサイドの小さなキャビネットの上に置き、シミひとつない白いベストのボタンを外す。次に瞳の色にあわせている、大粒のアメジストがはめ込まれたクラバットピンを外し、手袋の横に並べた。

それから落ち着いた様子でしゅるしゅると首元のクラバットをほどき、シャツのボタンを上から丁寧に外す。ランプの明かりに、リュシアンの美しい裸体が照らされる。

彼のなめらかな筋肉の凹凸に目を奪われてしまった。

(侍女だったとき、リュシアン様のお着替えをお手伝いしていたけれど、こんなに色っぽいなんて思わなかったわ……)

職務に忠実なビアンカは、主人の美しさを知っていたつもりだったが、それは絵画を鑑賞するようなもので、こうやって並んで座ると、彼もまたひとりの生きた人間なのだと実感し、胸が妖しくざわめく。

「あまり見られると、穴が開きそうなんですが」

リュシアンがふっと笑って、横目でビアンカを見つめる。

「すっ……すみません……」

顔を赤くしてうつむくビアンカの顎先を、リュシアンは指先で軽く持ち上げて上を向かせる。

「怒っていませんよ。少し、照れくさいだけです」

そして眼鏡を残し上半身裸になったリュシアンは、最後に指輪を外して手袋の上にのせた。

ベッドの上に片膝だけあげると、上半身をひねるようにしてビアンカに向き合う。

「脱がせていいですか」

こくりとうなずくと、リュシアンは手を伸ばし、ビアンカのナイトガウンのボタンをひとつずつ外していく。その下には綿のネグリジェ一枚だ。襟ぐりが大きく開いていて、ビアンカの特別に豊かな胸が突きだしていた。

「……触ります」

リュシアンは眼鏡を押し上げてごくりと息をのむと、それから両手でビアンカの胸を下から支えるように持ち上げる。

「あぁ……」

リュシアンは感嘆のため息を漏らしながら、ふう、とため息をつく。

「お……大きすぎますか」

「は？　大きくて悪いことなんかなにもありませんが？」

若干早口でリュシアンはそうはっきりと口にし、それからそうっと先端をこすり始めた。

ちょっとこすられただけなのに、全身に淡い快感が広がって体がビクンと震える。

「痛いですか?」

「い、いえ……ちょっとぞくぞくして……」

リュシアンの気遣いの言葉にビアンカは首を横に振り、目を伏せる。

「大丈夫です。たくさん触ってほしいです」

「っ……」

ビアンカの言葉にリュシアンはカーッと頬を赤く染めると、それから感極まったように腕を広げ、ビアンカを正面からぎゅうぎゅうと抱いて首筋に顔をうずめる。

「たくさん触ります。僕が、そうしたいから」

そしてリュシアンは履いていた靴を脱ぎ、絹の靴下を脱いでベッドにあがると、壁にもたれながらビアンカを背後から抱きしめた。

——それからリュシアンは、宣言した通り『たくさん触った』。

後ろからビアンカの首筋に鼻先をうずめ、うなじにキスをしたり舐めたりしながら、両手でビアンカの胸をやわやわと揉《も》みしだく。

これまで大きいばかりで邪魔としか思っていなかった胸がリュシアンはたいそうお気に入りのようで、

「こんな柔らかいもの、延々触っていられるんですが……ああ、気持ちがいい……一生こうしていたい」

とかすれた声で呟《つぶや》きながら、たっぷりとした乳房の感触を楽しんでいる。

「ずっといじっていたら、硬くなりましたね。どうなっているか見せてください」

そうやってしばらくの間、リュシアンはネグリジェの薄い布越しに、爪先で引っ掛けるようにして胸の先端をこすったり、つねったりしていたのだが、ネグリジェの裾を持ち上げ、胸の上までたくしあげてしまった。

「尖っている……」

薄いランプの明かりのもと照らされたビアンカの胸は、リュシアンの言うように先端をピンと立ち上がらせていた。

リュシアンはビアンカの耳のうなじに唇を寄せ、乳首を下から指の腹ではじく。ゆっくりと、乳首のきわを円を描くように撫で、時折爪の先で先端をこする。

「あっ……あ」

じんわりとくすぐったい快感が、体中に甘く広がる。

「いつまでもこうしていたいところですが、次は下を触りますよ」

リュシアンはそう言って、右手をビアンカの下着へと伸ばす。そしてクロッチ部分に優しく指で触れた。

「すごく……濡れていますね」

彼の指がゆっくりと下着の上を撫でる。下着はビアンカがこぼす蜜でべったりと張り付いていて、彼が指を動かすたびにくちゅくちゅと淫らな水音を響かせた。

「んっ……あ」

下着の中で花芽がコリコリといじめられて、ビアンカの唇から甘い嬌声《きょうせい》がこぼれる。

「下着を外しますよ」

リュシアンはそう言って、腰の横で結ばれていた紐《ひも》をするりとほどくと、ビアンカの淡い茂みを指でゆっくりとかきわけながら奥へと進んだ。

「あっ……そこっ……」

リュシアンの指がもっとも敏感な花芽に到着し、指の先ではじく。もう一方の手は太ももの内側に添えられていて、当たり前のように両足を広げさせられている。

「初夜の時はたくさん舐められて、気持ちよかったでしょう？　今日は中に指を入れますね」

リュシアンは落ち着いた声でそうささやくと、そのまま中指を蜜口に当て、指先をすうっと差し入れる。

「っ……」

一瞬身構えたが、ビアンカの蜜口はすんなりとリュシアンの指を飲み込んだ。

「……熱いな」

リュシアンがぽつりとつぶやきながら、さらにゆっくりと奥へ指を進ませる。そして奥までたどり着いた指は、また入り口に戻っていき、指をなじませるように何度も行き来した。

「あっ、あっ……」

胸をたくさんいじられて、ビアンカのそこは思っている以上に濡れていたようだ。彼が指を途中で折り曲げるだけで、ぐちゅりと音が響く。

「一本なら余裕ですね」

彼はホッとしたようにつぶやき、それから「もう一本増やします」と、薬指を差し込んだ。

「んっ……あぁっ」

ほんの少し入り口が広がる感覚があったが、耐えられないほどではなかったので、ビアンカはそれを受け入れる。

耐えられないと思い始めたのは、彼が中でゆっくりと指を動かし始めてからだ。

リュシアンの手は大きく、指は長く、いいところをさぐるように腹の裏を押し上げる。そして奥で指を左右に開き、ばらばらに円を描くように中をこする。

「あ、はぁっ、んっ……」

気持ちいいというには少し遠いが、だが確かになにかもどかしい感覚があって、ビアンカは何度かシーツを蹴り、背中をのけぞらせた。

「ビアンカ、そろそろ一度、気持ちよくなっておきましょうか」

太ももの内側を、猫の背中のように撫でていたもう一方の手が、淡い叢《くさむら》へと移動して、ぷっくりと膨れあがった花芽の上にあてがわれる。

「女性の体が中でイケるようになるのには、少し時間がかかるそうです。男性側の技能も試されるとか……」

『指南書』の知識だろうか。リュシアンは新聞の感想でもつぶやくかのようにそんなことを口にすると、左手の人差し指と中指をきちんとそろえ、花芽をゆっくりともみ始めた。

「あぁ……」

明確な快感が全身を包み、ビアンカは体を震わせる。

「その点ここは、男性の性器よりもずっと感じる場所らしいので、初めてでもイケる……というのは、初夜の時に学びました」

リュシアンの声色が少し明るくなる。確かに初夜の時は彼にさんざん舐められて、ビアンカは何度もイってしまったのだ。

「勃起していれば、興奮して感じている証拠らしいんですが……どうですか？」

指に蜜をまとわせたリュシアンが、花芽を円を描くように撫で始める。

「あ、あっ、リュシアンさま……っ」

「あぁ、やっぱり大きくなってる。気持ちいいんですね。指を入れているから中が動いているのがわかりますよ。これは外から舐めているだけではわからないことだったな……」

リュシアンの声はかすかに弾んでいる。学びがあって嬉しいようだ。

「もっと、よくなってください」

リュシアンは甘い声でささやいて、そのまま花芽を上から押しつぶし左右に揺さぶり始める。

「ああっ……！」

腹の奥がきゅうきゅうと締まると同時に、リュシアンが指の腹で円を描くように小刻みに動かす。入り口に近いその部分はなぜか触られるたびに腰が跳ねる場所で、ビアンカの白い足がシーツを蹴り、宙にはねた。

「あ、あああ、やっ……」

「きみがよがっている姿を見ていると、興奮します」

「あ、やだぁっ……」

「いいから、もっと、見せてください」

蜜壺の中をこねていたリュシアンの指が、とん、とん、と腹の裏をリズミカルに押し上げ始める。叩かれるたびに、膝がびくんと震える。自分の意志とは関係ない快楽に溺れる気がして、ビアンカは少しだけ恐怖を覚えた。

「あ、それ、あっ、やだ、ああっ……」

するとリュシアンは自分のやったことがいけないと思ったのか、

「いやだなんて言わないでください。いいですか、ビアンカ。この中に僕のモノを入れるんですよ。ちゃんとほぐしておいたほうがいいんです」

と真面目に返し、そのままちゅっと、あやすように頬にキスをする。

だがビアンカの様子にふと我に返ったのか、

「でも……いや？　気持ちよくない？」

うめき声をあげるビアンカの耳たぶにキスをしながら、リュシアンが問いかける。

「気持ちよさそうに蜜をこぼして……僕の指を締め付けているのに、よくないですか？」

「っ……あぁ……きもち、いい、です……っ。ただ、こわくてっ……」

ビアンカがゆるゆると首を振ると、リュシアンはホッとしたように息を吐く。

「知らないことを知るのは、怖いことかもしれません。でも僕は、もうきみを傷つけるようなことはしないと約束します。だから……信じてください」

リュシアンの生真面目すぎる言葉に、ビアンカの緊張した体から少しだけ力が抜ける。

（リュシアン様がお約束してくださったんだもの……信じなきゃ……）

この国一番の知恵者が、心を尽くしてくれているのだ。ビアンカはこくり、とうなずいた。

「よかった。ではこのまま達してくださいね」

リュシアンはそう言って、ざらついた部分を指でトントンと叩きながら、花芽をつまみ、揺さぶり、こすりながらビアンカの耳の中に舌を差し込んだ。

「あ……」

彼の言うとおり、じわじわと体がイクための準備を始めている。気持ちがいい。もっとこすってほしい。いつもは神経質に眼鏡を押し上げている彼の指が、ビアンカの中でわが物顔に暴れていると思うと、とてもいけないことをしているような気がして、背徳感にかられる。

「あ、リュシアンさ、まっ……ん、ああ、あっ」

「きれいだな……本当にきみは、きれいだ」

背後でリュシアンが感極まったようにささやく。

この薄暗闇の中、後ろから抱きしめた状態でなぜきれいだなんてわかるのだろう。とはいえ、リュシアンがお世辞を言うとも思えなくて、ビアンカは「え……?」と首をひねる。

そこでビアンカの言わんとすることがわかったのだろう。

「鏡にきみのいやらしい姿が映っている」

「……っ!」

リュシアンに言われるまで気づかなかった。ベッドの向こうの壁には鏡が立てかけられており、そこにランプに照らされて浮かぶ自分の体が映っていた。両足は左右に開かれ、ネグリジェはかろうじて体に引っかかっているが、ボタンを外され乳房がまろびでて、体を揺らすたびにいやらしく揺れている。

「あ、あっ、や、ああっ……」

こんな自分を知らないと思うと同時に、リュシアンしか見たことがない自分を見せていると思うと、ひどく興奮してしまった。

「あん、あっ、んっ、あっ……」

「また締まった。恥ずかしくて感じているんですか？　いやらしくてかわいいです……はぁ、たまらないな……」

そしてリュシアンは軽くため息をつき、じゅるりと舌を耳の中にねじ込んだ。

頭の中にじゅるじゅると水音が響き、眩暈《めまい》がする。

「あ、ああ、あっ、や、イクッ……！　あああ～～～ッ！」

次の瞬間、腰がびくんと跳ねて持ち上がり、リュシアンの指を自分がきゅうきゅうと締め付けるのが分かった。

「あ、あああ、アッ……」

がくがくと膝が震えた後、ビアンカの強張った体からゆっくりと力が抜ける。

「はぁっ、は、はぁっ……」

肌の表面がぴりぴりする。顔が熱い。頭が沸騰しそうだ。

懸命に呼吸を整えようとしていると、

「絶頂するきみの顔を見られてよかった……」

リュシアンはそう言って指を引き抜くと、そのままビアンカのネグリジェの裾をつかみ、ビアンカの頭から引き抜いた。

「あ……」

それが少し唐突に感じて、ビアンカは胸を両手で覆い隠しつつ肩越しに振り返ると、ひどく真剣な顔をしたリュシアンと目が合った。

「性急ですまない。でももう、僕も限界なので……いいでしょうか」

「は、はい……」

こくりとうなずくとビアンカはベッドに仰向《あおむ》けに押し倒される。少し焦った様子で、リュシアンはズボンのボタンをすべて外すと、身じろぎするようにそれを脱ぎ下着一枚になった。

初夜の時も見たが、彼のモノは下着の下で大きく存在感を主張していて、ドキドキする。

リュシアンが自分を待ち望んでいたのだろうかと感じ、頬が羞恥で赤く染まった。

「わぁ……」

「あのっ」

おそるおそる口を開いたビアンカを遮るように、リュシアンは若干慌てたように口を開く。

「触ってくれたりしないでいいですからね。本当に」

念押しのように言われて、ビアンカは少しだけ笑ってしまった。

（前回のことを気にされているんだわ……）

焦っている彼をかわいいと思ってしまうのは、惚《ほ》れた弱みだろうか。ビアンカはこくりとうなずいた。

「そうじゃなくて。正面からリュシアン様のお顔を見たかったから、嬉しいです」

「ビアンカ……」

リュシアンはかすかに震えながらビアンカの名前を呼び、穿いていた下着の紐をほどき、太ももの付け根までずりおろす。中からぶるん、と屹立が飛び出してきた。

以前見たときよりさらに大きく見える。彼の美しい顔や体に似合わないそれは、ビクビクと震えていて、先端からぽたぽたと蜜をこぼしていた。

「あまり見ないでください……興奮してしまいます」

リュシアンはかすれた声でそうささやくと下着を脱ぎ去り、ベッドに下に放り投げた。

そしてビアンカの頭の上の枕を手に取ると、優しくビアンカの体を手のひらで撫でながら、すみれ色の目を細める。

「腰を持ち上げてくれますか。下に枕を敷くと、受け入れやすいそうなので」

「は、はい……」

いよいよだ。ビアンカはこくりとうなずき腰を持ち上げた。

リュシアンは隙間に枕をねじ込み、眼鏡を指で押し上げた後、なぜかいきなりピンと背筋を伸ばし目を閉じた。

「——リュシアン様?」

「精神統一を図っています」

きっぱりした返事に、ビアンカは一瞬吹き出しそうになったが、笑いごとではないのだと慌てて表情を引き締める。

「はぁーっ……はぁーっ……」

その後、リュシアンは何度も深呼吸を繰り返しながら、眼鏡の奥の目を閉じたり、開いたりしながら、シーツの上に寝転んでいるビアンカを見下ろしていた。

このまま朝まで精神統一をされたらどうしよう。

はやく、と一瞬だけ気持ちが急いたが、焦ってはいけないと思いなおす。

（だって、私もリュシアン様も、初めて同士なんだもの……！）

ビアンカも決意に唇を引き結び、じいっと夫を見上げた。

それからややして精神統一の時間が終わったのか、リュシアンは左右に開いていたビアンカの両ひざを体の前で畳むと、太ももの隙間に男根を差し込んで、ゆっくりと腰を振り始めた。

「あっ……」

「少しの間、こうさせてください」

リュシアンの屹立はビアンカの花びらをかき分け、どちらのものかわからない蜜に濡れながら、時折ビアンカのぷっくりと膨れ上がった花芽をこすりあげた。もう入れてもらえると思ったので少し残念だが、お互いの性器が絡み合い始めると、ビアンカの体から力が抜ける。

「きもち、いいです……」

「僕もです。すごく……気持ちがいい……っ……」

ビアンカの言葉にリュシアンも軽くうなずき、目を細める。

まるでボートのオールをこぐように、ゆっくりと腰を揺らすリュシアンを見ていると、ビアンカの胸は多幸感に包まれる。

そして太ももに挟まれたそれは、さらにむくむくと芯を持ったように反り返ってゆく。

(うそ、さっきので最大じゃなかったんだ……!)

大きくかさを張った男根は、時折ビアンカの小さなへその穴にぶつかって、先端から蜜をこぼして水たまりを作った。そうやってしばらくお互いの性器をこすり合わせていると、ゆるくて淡い快感があまりにも良すぎて、一生こうしていたいとすら思ってしまう。

だが同時に、己の太ももの間でこれ以上ないと言わんばかりに怒張した彼のモノを見ているだけで、腹の奥がきゅんきゅんと締め付けられるのだ。

(あぁ私……処女のくせに、リュシアン様が欲しくてたまらない……)

だがリュシアンを急かしては、元も子もないのはもうこれまでの経験でわかっていた。

(待つのよ、ビアンカ……リュシアン様のペースを乱さないように……)

そうしてしばらくの間、ぬるま湯につかるような淡い快感の中、抱き合っていたのだが。

「あぁ、ビアンカ……」

リュシアンが、声を震わせながら、ゆっくりと口を開く。

「僕は今、一生こうして気持ちよく抱き合っていたいと思うと同時に、きみの中に性器を突き立てて、獣のように激しく腰を振りたいと思っています……」

リュシアンが羞恥をこらえるような、一瞬ひどく傷ついたような表情でうめき声をあげる。

「人は理性の生き物であるべきはずなのに、こんなことを考えるなんて、僕は馬鹿になってしまったのかもしれない……でも、それでも……どれだけみっともなくても……今はきみが欲しい……欲しくてたまらないんです……っ」

本音をさらけ出したリュシアンを見て、ビアンカの胸はありえないくらいきゅんきゅんと締め付けられる。その瞬間、ビアンカは自分よりもうんと年上の彼がかわいくて仕方なくて、よしよしと抱きしめてあげたくなってしまった。

かっこいいところではなく、彼が自分を情けないと思っている姿が愛おしい。

(これがきっと、惚れた弱みというやつなんだわ……！)

ビアンカはこくりと息をのみながら、リュシアンを見上げた。

「リュシアン様……私も同じ気持ちです」

「……え？」

「なにも知らないくせに……ここで、リュシアン様を受け入れたいって……思っているんです」

ビアンカはリュシアンの手によって閉じられた足を下げ、シーツの上に足を伸ばす。そして自分のまったいらな腹を撫でて、にこりと微笑んだ。

「っ……」

その瞬間、リュシアンはまた一瞬ぎゅっと眉根を寄せたが、何度か唇を震わせて眼鏡を指で押し上げる。こみあげてくる激情を必死で飲み込むように、何度も唇を引き結んだ。

「では、いいですか?」

「はい……」

お互いの目を見て、うなずきあう。

「――いきます……」

それからややして、リュシアンはビアンカの顔の横に手を突くと、片手で自分の男根をつかみ、先端を蜜口に押し当てる。前回は焦って入口にたどり着けなかったが、今回は問題ないようだ。ホッとしたように表情を緩め、そのままゆっくりと腰を進めたのだった。

「んっ……あっ……!」

先端はまだよかった。だが彼の太い幹が徐々に蜜壺に侵入してくると同時に、ものすごい圧迫感とぴりぴりと中が引き裂かれるような痛みが走る。

「抜きますか?」

ぎゅっと目を閉じて悲鳴を飲み込むビアンカを見て、リュシアンが焦ったようにささやく。

「だ、だいじょうぶです、やめないでっ……」

ビアンカは瞼を持ち上げ、こちらを心配そうに見下ろすリュシアンの首を引き寄せる。

「我慢できます、最後まで、してください……っ」

指とは比べられないほど太く大きな男根を受け入れるのは大変だとわかっていたが、今はもう、早く彼のモノになりたかった。

リュシアンのものでなければそんな気持ちにすらならないだろう。リュシアンだから我慢するし、受け入れたいと願うのだ。

「あ、ビアンカ……ッ。許してくださいっ……」

その覚悟が彼にも伝わったのだろう。リュシアンはそこから一気に腰を押し進める。

勢い余って眼鏡がシーツの上に落ちたが、リュシアンはそれに気づかなかったのか、そのまままぎゅっと目を閉じる。

「ん、あぁっ……！」

覚悟していたが、ビアンカの唇からまた悲鳴が漏れた。痛みに体が引き裂かれそうになり、本能的にビアンカは逃げるために上へと体をずらすが、リュシアンはそれを許さない。逃がさないと言わんばかりにビアンカの体を抱きしめ、男根を最奥までさらに突き立てる。

「ひっ……！」

串刺しにされたような衝撃にビアンカは体をのけぞらせたが、大柄なリュシアンに抱きこまれて身動きは取れなかった。

「あ、ビアンカッ……入った、最後まで、入りましたよっ……」

一方リュシアンは全身を快感で震わせながら、その白皙の体を薔薇色《ばらいろ》に染めささやく。

「だめだ、腰が、ああ、とけそう、あっ……なんて、いいんだ……ああっ……」

そして低いかすれた声で囁きながら、ビアンカに顔を寄せる。

「ビアンカ……ああ、いいっ、あっ……！」

素顔のリュシアンは、いつもの落ち着きや冷静さを失っていて、ビアンカに必死にしがみついて、同世代の青年のように見えた。

「ビアンカッ……」

そしてそのまま、ビアンカの唇をむさぼるように舐め、舌をねじ込み、腰を振り始める。

技巧などは一切なく、じゅるじゅると音を立てながらビアンカの唾液をすすり、性器を引き抜き、また奥まで押し込む獣の交尾のような抽送を繰り返す。

そして抽送を三度繰り返した次の瞬間。

「ん、んっ……むぅ、ふうっ、あっ、あっ……出るッ……」

リュシアンは引きつったように背中を丸めて、体を硬直させるとそのままビクンビクンと、体を震わせた。

（で……でた？）

一方、痛みの中三度突かれたビアンカは、腹の奥でリュシアンの硬いものがぶるぶると震えているのを感じて、大きく息を吸いながらリュシアンの汗に濡れた背中をぎゅっと抱きしめる。

「リュシアン様……」

ビアンカとしてはこの甘い達成感を一緒に分かち合えるものだと思っていたのだが、

「あ……あっ……出て、しまった……」

リュシアンの声はなぜかかなり気落ちしていた。

出た、というのは要するに子種が出たということだろう。子作りにおいて子種を出すのはとても大事なことだから、出て悪いことはないと思うのだが、なぜかリュシアンはビアンカにしがみついたままうなだれ、いつまでも顔を上げない。

みちみちに収まっていた屹立からも力が抜けて、ずるりと抜けてしまった。

(リュシアン様的に、なにか不本意なことがあったのかしら？)

いろいろ不思議に思うことはあったが、なにもわからない自分が慰めたところで心に響くわけがないので、ビアンカは今自分が感じていることを素直に口にすることにした。

「リュシアン様。これで私たち、本当の夫婦になれたんですね。嬉しいです」

「――ビアンカ……」

ビアンカの言葉を聞いてリュシアンはようやく顔を上げ、こつん、と額を触れ合わせる。

そして優しくビアンカの額に唇を押し付けた。

「僕ばかり気持ちよくて、申し訳ありませんでした。最後、僕だけ達してしまったでしょう？」

どうやらそんなことを気にしていたらしい。ものすごく申し訳なさそうにしているのが、むしろ逆に心苦しい。

「いえその……入れるまでよくしていただきましたし……それに、お互い初めてだったんですから、これからではないでしょうか」

ビアンカの言葉にリュシアンは何度か目をぱちくりさせた後、小さくうなずいた。

「そうですね……僕たちは今、夫婦としてようやくスタートを切りました」

「はい」

ビアンカがうなずくと、そこでようやく折り合いがついたらしい。

「それに僕はもう、童貞ではありませんしね！」

途端に声が急に明るくなった。いつものリュシアンに戻ってくれたようでホッとする。

そしてちょっとだけ、どやっという顔になっているリュシアンが、眼鏡を指で押し上げようとして、眼鏡をかけていないことに気が付いた。

「あれ？」

しかめ面になってあたりを見渡すリュシアンに、ビアンカはくすくすと笑って、シーツの上に転がっていた眼鏡を手に取り、リュシアンの顔にかけてあげる。

「ああ、ありがとう。いつの間に飛んで行ったのかな……」

リュシアンは少し気まずそうに眼鏡を押し上げると、両手でビアンカの頬を挟んで、優しい目をして口づける。

「きみの顔がよく見える」

「ふふっ……」

ビアンカは照れながら、うなずいた。

「もっと見てください。こんな顔を見せられるのは、リュシアン様だけなんですから」

そして夫であるリュシアンのとろけるような笑顔を見られるのも、自分だけなのだ。

「ビアンカ……」

（あぁ、幸せだわ……）

お互いの顔がごく自然に近づき、目を閉じる。

触れるだけのキスはまた次第に熱を帯び始め、甘い陶酔がビアンカを包み込むのだった。


翌朝、起きたら家にいたリュシアンを見て驚いた父には、

「今朝、朝一番に迎えに来てくださったの」

と大嘘《おおうそ》をついて誤魔化した。ちなみに朝早くシーツを洗ったりお互いの体を熱い湯で拭いたりしたが、父や通いの使用人にはバレなかったようでホッと胸を撫でおろす。

別に夫婦なのでそういうことをしてもいいはずだが、親に知られるのはやはり気まずい。

「そうかぁ〜。やっぱり夫婦は一緒にいたほうがいいね！　夫婦仲良く、だよ」

人のいい父はそう言って納得し、家族三人で朝食をとった後、昼からの汽車で改めてトーレスへと向かったのだった。

列車は初日の特別室ではなかったが、個室を取ってぴったりと寄り添って座った。

「特別室を用意できなくて申し訳ありません」

リュシアンには謝られたが、ビアンカは特別など望んでいない。個室の時点で十分である。

（だって、堂々とリュシアン様にくっつけるもの）

そう、目が合えばキスをして、それからハグをしたり、窓の外を眺めたり、お互いの話をして三時間の汽車の旅はあっという間だった。

これぞ新婚旅行の醍醐味《だいごみ》といえるのではないだろうか。

特にリュシアンが侍従になって数年のころ、王太子だったランベール殿下と一緒に世界中を旅してまわった話は非常に面白く、途中で何度も噴出し笑い転げてしまった。

中でも一番面白かったのは、男子禁制の怪しいオークションに参加した時の冒険話だ。なんとふたりはとある貴人をお助けするため、女装してオークション会場に潜入したのだという。

「やだもう、絶対、見たかったです、リュシアン様の女装……！」

「自分で言うのもなんですが、僕は大変な美少女でしたよ。それに引き換え、当時のランベール殿下はゴリラでした」

眼鏡を指で押し上げながら、真面目な顔で言うリュシアンの表情がまたツボに入って苦しくなってしまった。

「ご、ごり、ひぃ、ひっひっ……！」

笑いすぎて頬が痛い。ビアンカはおなかのあたりに手を置いて、

「は〜……笑いすぎておなかが痛くなりました」

とリュシアンを見上げる。

「それはいけない。さすってあげましょう」

リュシアンはくすっと笑って、ビアンカの薄い腹に手のひらをのせた。

背の高いリュシアンは手も大きい。ビアンカのウエストなど彼の手でぎゅっとすればつかめてしまうのではないだろうか。

(昨晩は、この手で色々……)

一瞬で頭の中がピンクな妄想でいっぱいになったが、慌てて脳内から邪念を振り払った。

(だめだめ、リュシアン様の前では、貞淑な妻でいたいもの……)

「――ビアンカ」

名前を呼ばれて顔をあげると、すみれ色の瞳と目が合う。

彼はゆっくりと顔を近づけてきて、ちゅっとビアンカの唇にキスを落とし、それから低い声で耳元でささやいた。

「こんな列車の中ではなく、早くきみとふたりきりになりたい」

そしてリュシアンはビアンカの手を取り両手で包み込んだ。

トーレイでは一泊できる。帰るのは明日の夕方でいいので、それまでふたりでゆっくりできるはずだ。

「私も、リュシアン様と過ごせるの、嬉しいです」

新婚夫婦らしい甘い空気を楽しみながら、ビアンカはこれからの生活に期待で胸を弾ませたのだった。


何事もなかったかのように別荘に戻った後は、さっそくふたりで新婚旅行の続きをすることになった。お砂糖よりも甘い時間の始まりである。

それは午後のお茶の後にふたりでボートに乗ったときのこと――。

ビアンカはボートを漕《こ》いだことがなかったので、リュシアンに背後から抱きかかえてもらいながらオールの動かし方を教えてもらっていた。

「リュシアン様、私も漕げるようになりました……！」

コツをつかんだビアンカが、ボートを湖の真ん中あたりまで動かし、何気なく振り返ったところでこちらを熱っぽく見つめるリュシアンと目が合った。

「リュシアン様……？」

「キスしたい」

キスなら列車の中でも何度もしていたが、少し気分が開放的になっているのだろうか。

リュシアンの腕が伸びてきて、すぐさま舌をねじ込まれた。

「あ、んっ……」

唇を割って入ってきた彼の舌は、口蓋をなめ上げて歯列をなぞり、ビアンカの舌に巻き付き、ちゅうちゅうと吸い上げる。

(リュシアン様ったら、少し大胆なのでは……?)

確かに周辺に人はおらず、ふたりがいるのは湖のど真ん中である。だが外だ。開放的過ぎて逆にドキドキしてしまう。

(あぁ、でも……こんなに求めてくださっているのを、拒めない……)

ビアンカはオールから手を放し、そのまま体をずらしてリュシアンの背中に腕を回した。

「ビアンカ……」

リュシアンは身をゆだねてくるビアンカの頬に手を置き、指先でそうっと頬を撫でてまた口づける。昨晩初めて体を重ねたばかりの新婚夫婦だ。あっという間にふたりの体に、情熱の火が灯《とも》される。

リュシアンの大きな手がビアンカのデイ・ドレスの裾をたくしあげ、太ももをさすった。

それだけではない。指はあっという間に下着の中に滑り込み、ビアンカの濡れた花びらを直接なぞり始めたではないか。

「あっ、あ……だめ、です、リュシアン様っ……」

夫のいたずらにビアンカは頬を赤く染めて首を振る。

「なぜですか？　あなたのここはもうこんなに濡れて、僕を待ちわびているじゃないですか」

リュシアンは低い声で囁きながら、器用にビアンカの胸元のリボンをほどき、ブラウスのボタンを外していく。ビアンカは胸にボリュームがあるので、コルセットは胸下から腰回りを整えるだけのものしかつけていない。あっという間に胸があらわになった。

「きみの大きな胸……日の光の下で、見たいと思っていたんです」

リュシアンはかすれた声でささやくと、そのままビアンカの胸の先に吸い付いた。

「っ……」

リュシアンの薄い唇が乳首を柔らかくはみ、舌先がからかうように先端をはじく。じゅるじゅると音を立てて胸に舌を這わせる一方、リュシアンはビアンカの秘部で存在を主張し始めた花芽を、蜜をたっぷりとまとわせた指でつまみ、男根のようにしごき始める。

「あ、あん、アッ……んんっ……」

ぞくぞくと背筋が震えて、ビアンカの体が細かく震え始める。

「だ、だめ、そんな……わたし、すぐ、あっ……」

「どうして？　僕は、気持ちよくなってほしいだけなのに」

リュシアンはしれっとそんなことを言いながら、指先に蜜を絡めると、そのまま蜜壺の中に突き立てる。

「あ、ああっ……」

軽く関節を曲げて、抜き差しを始めるリュシアンの指は、それだけでもう性器と同等だった。

腹の裏を押されれば体は跳ね、指をきゅうきゅうと締め付ける。夫に触れられているだけでどうしようもないくらい感じてしまうビアンカの体は、とろとろと蜜をこぼしあっという間に太ももを濡らしていった。

そうやってしばらく愛撫《あいぶ》を受けていたビアンカは、ふとリュシアンのズボンが内側から大きく張り出しているのに気が付いた。

ビアンカは少し焦りながら、スカートの上からリュシアンの手を押さえる。

「どうして止めるんですか?」

乳首を吸っていたリュシアンが少し不満げにささやく。

「だって……私ばかり、気持ちよくなるの、いやですから」

その瞬間、リュシアンは目をぱちくりさせながら、すみれ色の瞳を輝かせる。

「それはその……ここで入れても、いいということですか?」

「は、はい……」

ビアンカは真っ赤になりながらうなずいた。

つい先ほど貞淑な妻でありたいと思ったばかりなのに、ビアンカの体はリュシアンを求めて我慢ならなくなっている。

(恥ずかしいけど……リュシアン様と一緒がいいわ)

ビアンカはふうっと息を吐き、膝立ちになってスカートの裾をつかんで持ち上げる。

「このまま私がリュシアン様のお膝に座れば、スカートに隠れてわからないと思いますので」

我ながらなんとみだらな提案をしたのかと思うが、その瞬間、リュシアンの白皙の美貌にサッと朱が走った。

「ビアンカ……来てください」

彼はビアンカのウエストをつかんで膝の上にのせ、いそいそとベルトを外し、中からすでにそそり立った肉杭を取り出すと、下着のクロッチ部分を横にずらし先端をあてがった。

「腰を、下ろせますか？　無理そうだったらやめていいですから」

「はい……大丈夫です」

昨日の今日で受け入れられるかはわからないが、ビアンカはそうっと腰を下ろしていく。

「あっ……」

下からリュシアンが支えてくれているので、挿入自体は難しくなかったが、先端の大きく張り出したカサの部分にざらついた部分をこすられて、全身がぶるぶると震える。

(どうしよう……すっごく、きもち、いい、かも……)

昨晩処女を失ったばかりなので、強引に広げられる痛みはあったが、愛するリュシアンのモノを受け入れているという喜びと興奮が、痛みをあっという間に書き換えていく。

ビアンカはリュシアンの首に腕を回すと、そのままゆっくりと腰を下ろし、無事リュシアンのそそり立った肉杭を最後まで飲み込んだのだった。

「あ、ああ～……っ……」

ビアンカは唇をはくはくと震わせながら、リュシアンを見下ろす。

「リュシアン様……ぜんぶ、はい……り、ました……」

体勢が違うだけで、こんなに圧迫感があるのだろうか。自重のせいだとわかっているが、リュシアンのモノは、ビアンカの最奥にまでびっちりと詰まって息苦しいほどだ。

たどたどしくつぶやくと、ビアンカを膝の上に乗せたリュシアンも、こくこくとうなずいた。

「あぁ……そうですねっ……僕のものを全部、根元までっ……」

彼もまたとろけそうな顔で甘い吐息を漏らしながら、ビアンカの背中を抱きしめて胸元に頬を押し付ける。谷間にふうふうと吹き付けられる彼の熱い吐息を感じて、胸がきゅんと弾んだ。

「あなたの中はあったかくて……僕のペニスをぎゅうぎゅうと締め付けて……本当に気持ちがいいです……」

その様子が甘えた子供のようで、いつもは彼に見下ろされているばかりのビアンカの心を、甘くくすぐる。

(リュシアン様、かわいい……)

ビアンカは愛おしいと思う気持ちを抑えられず、そのままリュシアンの前髪を指でかき分けると、額にキスをする。そしてゆっくりと腰を前後に動かし始めた。

「び、ビアンカ……?」

いきなり自ら腰を振り始めたビアンカに、リュシアンは驚いたように目を丸くする。

ビアンカは無言でリュシアンの頬を包み込むと、自ら口づけながら腰を揺らした。

身じろぎするたびに、スカートの中からぐじゅぐじゅと淫らな水音が響く。

遠目から見れば、妻が夫の膝の上に座って甘えているだけに見えるだろう。静かな湖畔に浮かぶボートは、ふたりのゆりかごのように静かにたたずみ、小さな波紋を広げる。

「あ、ビアンカッ……?」

リュシアンは頬を薔薇色に染め、しばらく耐えるように体をこわばらせていたが、

「リュシアン様に、よくなって、ほしくてっ……」

ビアンカがしどろもどろにささやいた瞬間、ぐう、と獣のようにうなり声をあげ、ビアンカのほっそりしたウエストを両手でつかみ、下から跳ねるように突き上げていた。

「あッ……!」

いきなり最奥を突かれたビアンカは悲鳴を上げたが、リュシアンは止まらなかった。

「ビアンカ、きみは、どうして、そこまでっ……」

リュシアンはかすれた声でうめきながら、膝の上のビアンカを激しく突き上げる。そのたびにビアンカの絹の靴下に包まれた足が、ゆらゆらと宙をさまよった。

「あ、あっ、りゅしあん、さまっ、はげし、いっ……ああっ……！」

振り落とされないようリュシアンの首に無我夢中でしがみつきながら、ビアンカはぎゅうっと目を閉じる。ボートがリュシアンの抽送の激しさにグラグラと揺れている。

もしこのままボートから落ちたら、泳げないビアンカは溺死間違いなしだ。

恐怖と、野外で激しくまぐわっているという興奮が入り混じって、全身を熱狂に似た感情が包み込む。

「あ、あんっ、あ、ンっ……！」

ビアンカの甘い嬌声があたりに響く。

そして野獣のようにビアンカの白い乳房に吸い付いていたリュシアンもまた、声にならない声を上げながら、鋼のように固くなった屹立をビアンカの最奥にねじ込み、一気に吐精する。

「くッ……！」

「あっ……」

腹の奥に熱いしたたりを感じて、ビアンカはぎゅっと唇をかみしめる。一方、吐精したリュシアンは、最後の一滴までこぼさないと言わんばかりに腰を振り、ビアンカの蜜壺に白濁を塗り付けていった。

「あ、あっ……んっ……」

先端の張り出したカサの部分に、奥の敏感な部分をこすられたビアンカは甘い声をあげつつ、リュシアンの真っ赤に染まった首筋にキスをしながら、背中を撫でる。

「はっ……はあっ……はーっ……」

リュシアンはずれた眼鏡を指で押し上げながら、ぼうっとした表情で膝の上のビアンカを見上げた。彼は無言で、じいっとビアンカの顔をいつまでも見つめている。

「リュシアン様、私の顔になにか？」

ビアンカはちょっぴり恥ずかしくなりながら首をかしげる。

「はぁ……はぁ……いえ、その……はぁ……なんでも、ありません……はぁ……」

しっとりと汗をかいたリュシアンは、肩で息をしつつ、赤い顔のままゆるゆると首を振った。

「リュシアン様、お部屋に戻ったら湯あみをいたしましょうね。お背中お流しします」

「――」

リュシアンは一瞬言葉に詰まったように見えたが、無言でうなずく。

そんな夫のささいな違和感に気づかないまま、すっかり浮かれていたビアンカはスカートのポケットからハンカチを取り出し、こめかみのあたりににじむ汗をそっと拭きとる。

「また、僕が先にイってしまった……」

うつむいたリュシアンが深刻そうな顔でぽつりとつぶやいたことにも、気づかずに――。

五章　僕はもう童貞ではないので（眼鏡クイッ）

今年度最初の雪が降り、ネルキアの王城が白く彩られた冬の朝。

「は⁇　リュリュ、今なんと言った？」

「ですから、僕は馬鹿になりかけていると言いました」

リュシアンはスパイスがたっぷり入った紅茶を飲みながら、一語一句を確かめるように低い声でつぶやいた。

（またこの男は、おかしなことを言っているな……）

ネルキアの王であるランベールは、童顔を誤魔化すための無精ひげを手のひらで撫でながら、眉間にしわを寄せる。

「三歳で読み書きを覚え、五歳で我が国の歴史書全十二巻をそらんじ、八歳で五か国語を操り三桁の計算を暗算でこなし神童と呼ばれ、十歳で俺の侍従になり、十三で世界中に通訳として帯同、世界中の学者と交流し二十五で筆頭秘書官となり新しい法律案を作り制定、二十八で王都の都市計画を立案実行し、その功績を認められ三十で宰相になった。そして三十八の今、その知性はネルキアの歴史の中で並ぶ者なしと言われているお前が、馬鹿になっているだと？」

「そうですね」

自身の功績を否定も謙遜もしないリュシアンは、真面目くさった表情で、眼鏡を指で押し上げながらうなずく。

「もしそれが事実なら国家の損失だが、理由を聞いても？」

あと三十年、息子の代までリュシアンに支えてもらおうと思っていたランベールとしては、正直聞き捨てならない発言である。

「……言いたくありません」

リュシアンは子供のように、ぷい、と横を向いた。

「嫁か」

「言いたくないと言ったでしょうっ！　それにビアンカにはなにひとつ罪はありませんよ！」

リュシアンは持っていたカップをテーブルに叩きつけると、勢いよく立ち上がった。

「お、おう……」

激昂《げっこう》するリュシアンの勢いに押されたランベールは、まぁまぁとリュシアンをなだめながら椅子に座らせる。

「ではなんだ。いったいお前の身になにが起こった？」

「僕が肉欲に溺れる、愚かな男に成り下がったせいです」

「は？」

あんぐりと口を開けるランベールをよそに、リュシアンはひどく真面目な顔をして、顎の下で指を絡ませテーブルに肘をついた。指先がせわしなく小指の銀色の輪をなぞっている。

「その……毎晩妻を求めてしまうのです」

「……新婚だし、いいんじゃないか？」

まさか三十八まで女っ気がなかった腹心の口から『肉欲』という言葉が出るとは思わなかったが、別にそれ自体は罪ではあるまい。

だがリュシアンは相変わらず眼光鋭く、予算審議の時のような深刻な表情をしている。

「結婚するまで睡眠は四時間もとれば十分でした。ですが今は仕事を終えたらそそくさと屋敷に戻り、妻と一緒に食事をとり、一緒に入浴を済ませ、時間が許す限り寝室で過ごしてしまう」

「なるほど」

「一日約五時間、十日で五十時間。ひと月で百時間近く、僕は知識を得る時間を失っています」

「ほほう……」

こいつ一日五時間も嫁を抱いているのか？　嫁のほうは大丈夫なのか？　いや若いからいけるのか？　とあれこれ下世話なことを考えたが、ランベールはそれを口にしなかった。

「夜の相性がよくて困ることなんかあるのか？」

夫婦円満でいいじゃないかと流そうとした次の瞬間、

「……その、挿入するといつも僕が先に射精してしまって」

と、リュシアンが恥じ入るように目を伏せたものだから、ランベールは椅子に座ったままばたーんと背後に倒れそうになった。とっさに頬の肉を内側から噛《か》んで、噴き出さなかった自分を褒めてやりたいくらいである。一方リュシアンは淡々とした表情で言葉を続ける。

「なんとか夫としての威厳を保ちたいと頑張っていると、あっという間に時間が過ぎるのです」

「そ、そうなのか……」

こんなことを言っている時点で『威厳』もへったくれもないのだが、何も言えなかった。

なにしろリュシアンが十歳の時から二十八年間も一緒に過ごしているのだから、彼の性格はよくわかっている。普段は思慮深いのに、たまに極端な方向に振り切って一か百かを選びがちだが、根は非常に真面目なのだ。からかって臍《へそ》を曲げられても困る。

「で、お前はどうしたいんだ？　こうやって俺に話してくれる時点で、ある程度は考えを決めているんだろう」

「ええ、まぁ」

リュシアンは眼鏡を指で押し上げると、胸元から一通の手紙を取り出してテーブルに載せる。

「これはつい先日、リンデ公国の恩師から届いた手紙です」

「ほう?」

リンデ公国と聞いて、ランベールはかすかに眉を吊《つ》り上げた。

リンデ公国はネルキアから遠く離れた大陸の西方にある主権国家だ。周囲を大国に囲まれていながら、産出量が少ないことで知られる地下資源を有し、独占することで富を築いている。また海に面した風光明媚な土地柄で、世界各国の貴族や富裕層が集まる別荘地があり、公営のカジノでは夜ごと信じられないくらいの金が動く、世界でもっとも裕福な国のひとつだ。

その昔、ランベールはまだ少年だったリュシアンと、男子禁制のオークションに女装して潜りこみ、大変な騒ぎを起こしたことがあるのだが、そのことがきっかけでリュシアンはリンデ公国の大学に通う縁もできたのだった。

とにかくリンデ公国は、彼にとって青春の思い出が詰まった場所なのだ。

「その、恩師がなんと?」

「ひと月ほど大学で集中講義を行ってくれないか、というお話でした」

リュシアンはためらいがちに言葉を続ける。

「実は以前からずっと誘われてはいたんです。ただ、国を離れるのはあまり現実実がないなと思ってお断りしていたのです」

「じゃあなぜ急に……」

受ける気になった――と言いかけたランベールだが、こちらをじっと見つめるリュシアンの落ち着いた眼差《まなざ》しに、ハッとした。

「いや、待てよ。今ならいいと、思ったんだな」

「ええ、そうです」

リュシアンは「さすが我が君」と澄ました顔でうなずく。

「前王が五年前に『おくたばり』あそばされて僕も楽になりました。部下たちも育った今、ひと月くらいどうとでもなります。本来組織というものは、そうでなければいけません」

リュシアンは眼鏡を押し上げると、さらに言葉を続ける。

「それにお声がけくださった先生はただの教師ではありません。リンデ大公の従弟であり名門貴族出身です。その先生の推薦ともなれば、僕も自《おの》ずと国賓待遇になるでしょう」

リュシアンは、手紙に書かれた恩師の名前を指でなぞりながら、言葉を続ける。

「ネルキアは百年以上、文化文明が停滞していました。陛下が即位されて二十年経った今でも、世界に追いついたとはとてもいいがたい。リンデ王室との繋がりができれば、未来のネルキアのためになります」

たとえばそれはリンデの豊富な地下資源だったり、文化芸術の分野だったり、人的財産のことである。

「それにリンデには、公女殿下がふたりいらっしゃるとか」

ランベールには王子がふたり、王女がひとりと三人の子供がいる。将来どうなるかはわからないが、大陸でも有数の富を誇る公女を王子の婚約者にできれば儲《もう》けものだ。

今のネルキアはリンデ公国の公女に求婚などできるレベルに達していないが、リュシアンの働き次第ではそれが可能になるかもしれない。

こうなると反対する理由は何ひとつ思い浮かばなかった。

「わかった、リュシアン。リンデ公国に行ってこい。采配はすべてお前に任せる」

「ありがとうございます。ついでと言ってはなんですが、ひと月ほど妻と離れていれば肉欲を忘れ、以前の僕に戻れると思っています」

リュシアンはホッとしたように眼鏡を指で押し上げて、すみれ色の瞳をやんわりと細めた。

それを見たランベールは一瞬で冷静になり、

(いや、それはどうかな?)

と思ったが、口にはしなかった。

「では、さっそく先生に返事を書かねば……失礼します」

こうしてはいられないと言わんばかりにサッと席を立つと、リュシアンはいそいそと執務室を出て行った。

どうやら堅物宰相は安直にも『妻と距離をとれば肉欲は消え去り、結婚前の自分に戻れる』と本気で思っているらしい。

「離れたら余計、恋しくなるだけだと思うんだけどなぁ……妻を溺愛している自覚が、ないんだなぁ……」

だがそれを指摘したところで、リュシアンは決して受け入れないだろう。

あの男は人の感情——とくに愛情をまったく信用していない。原因はその複雑な出自のせいだろうが、自分に向けられる愛情はだいたいが勘違いだと信じているのである。ランベールがいくらリュシアンを実の弟のように大事にしても、自分が有用だからとしか思っていない。

(養父や兄の愛情ですら、善性と憐憫《れんびん》が入り混じったものだと思っているくらいだしな)

リュシアンが変わるには、まず誰かを愛する気持ちを知るしかないのだろう。

何事も自分のみで体験しないと納得しない男なのだ。

「俺が嫁御に恨まれないといいが……」

バタンと閉まるドアを見て、ランベールは苦笑しつつ、ため息をついたのだった。

◇◇◇

講義終了を知らせる鐘の音が大学内に高らかに鳴り響く。

「先生、今日の講義も非常に面白い内容でした」

「あと数回だなんて残念です」

リンデ公国の大学は国中の優秀な学生たちが集い、なおかつ留学生も多く受け入れている。ここでは肌の色や髪の色、外見、性別も年齢すらも関係ない。

「ありがとう。帰国まで質問は受け付けますので、いつでも研究室へお越しください」

リュシアンはやんわりと優雅な微笑みを浮かべ、そのままスタスタと去っていく。

そう、ネルキアの宰相であるリュシアンも、ここではただの『講師』であるはずなのだが、講義を終えた学生たちは、教室を出て行ったリュシアンを遠巻きに眺めながら、ひそひそと耳打ちをしあう。

「なぁ……リュシアン・ファルケ・ガルシアってマジで存在したんだな」

「学長が話してた、ネルキア王子とおつきの美少年侍従の諸国漫遊記って、全部おとぎ話だと思ってたよ」

一か月ほど前ネルキアからやってきたひとりの男は、大学で一大センセーショナルを巻き起こした。一国の宰相でありながら月光を擬人化したような美貌は、派手好きなリンデ国民の目を引いたし、誰もが彼の数々の逸話の答え合わせをしたがった。リンデ公国では空前のリュシアンブームが訪れているのだ。

だが肝心のリュシアンにその気はないようで、酒の席などはすべて断って思索にふけっているらしい。そんな態度もまたミステリアスで魅了的だと、人気を押し上げていることに本人は気づいていない。

研究室に戻ったリュシアンは、書き物机に頬杖をつき、ぼんやりと窓の外を見つめる。空は鼠色《ねずみいろ》で、しとしとと雨が降っていた。リンデ公国の雨季は冬なのだ。

（そういえばこんな雨の日は、ビアンカはよく編み物をしていたな……）

王都の毛糸屋で「こんなに種類があるなんて！」と目を輝かせ、色とりどりのかせ糸を購入し、帰宅後はリュシアンの両腕を使って毛糸玉に巻き直していた。

暖炉の薪《まき》が燃える音と、鼻歌交じりに毛糸を巻くビアンカのうつむいた美しい顔。彼女の唇から漏れる鼻歌が今は猛烈に懐かしい。

「早くビアンカに会いたいっ……」

リュシアンははぁ、と深くため息をつき、机に突っ伏した。

リンデ公国に来てからすでに三週間が経過している。最初の二週間はあっという間に過ぎた。かつての恩師は昔のようにリュシアンをあちこちに連れまわし、多くの学者と引き合わせてくれた。政治や経済のみならず、文化芸術の一流との会話はたとえ門外漢の分野でも面白く、刺激に満ちたリンデでの日々はリュシアンの望み通りだったが、ここ数日、ふとした瞬間にビアンカを思い出しては切ない気持ちになる。

（離れれば肉欲は収まるはずだったんだが……）

リュシアンは眉間にしわを寄せて考え込む。

男性は視覚的刺激で性欲を感じる。ビアンカを見るたびに抱きたくなるのは、目の前に彼女が存在していたからだ。だから距離をとれば結婚前の自分に戻ると思ったのに、なぜかここ数日はふとした拍子にビアンカの姿を思い出し、胸のざわめきが止まらなくなる。

リュシアンはこめかみのあたりを指で押さえ、ランベールにリンデ行きの了承を取った夜のことを、思い出していた――。


帰宅したリュシアンが早々に『一か月ほどリンデ公国に行くことになりました。王命です』と告げた瞬間、ビアンカが『リンデ公国はネルキアより暖かいんですよね？　着るものはどうしたらいいかしら……』とソワソワし始めたので、びっくりしてしまった。

『ビアンカ、公国に行くのは僕だけですよ』

『えっ……あっ……』

どうやら彼女は当然のようについてくるつもりだったらしい。

リュシアンの指摘に顔をカーッと赤くした後、両手で口元を覆いうつむいてしまった。

『そうだったんですね……。私、てっきり一緒に行くものだと思ってしまって』

『たったひと月のことです。あなたも楽しく過ごしたらいい』

亭主元気で留守がいいとは昔からよく言ったものである。実際ネルキア貴族のご婦人方の中には、領地経営に戻る夫についてゆかず、王都で楽しく過ごしている者も多い。

だからビアンカも気兼ねなく羽を伸ばしたらいいと思ったのだが、

『リュシアン様とひと月も離れるのは、寂しいです』

なんとビアンカは少し寂しそうに笑ったのである。

(は？　え??)

妻の態度にリュシアンは驚いた。

この期に及んでなにを言っているのかと笑われるかもしれないが、ビアンカが故郷を離れてまでリュシアンに着いていきたいと言ってくれるなんて、想像もしなかったのだ。

(もしかして……僕は、ビアンカに想像以上に好いてもらっているのでは……？)

勿論、リュシアンだってビアンカのことを気に入っている。そこを否定するほど愚かではない。だが好意というのは目に見えない。数値として現れるものでもなく、においも手触りもない。昔から、世間の夫婦や恋人たちから『愛し合っている』と聞くたび、リュシアンにとっては言葉遊びだとしか思えなかった。

(誰よりも美しく愛されていたはずのアニエスは、あっさりと捨てられたじゃないですか)

もういらないと捨てられた彼女のことを思い出すと、リュシアンの胸はじりじりと焦げつくような焦燥を覚える。

かわいそうなアニエス。どこの馬の骨とも知らない子供を、わが子だと勘違いしたまま死んでしまった、美しい人。彼女の夫だった帝国の公爵は、その後新しい妻を娶《めと》ったらしい。

温厚な養父は表立って口にすることはなかったが、昔は酒が入るたびに『あの帝国のくそ男め……とにかくひどい目にあえっ！』とくだを巻いていたのを今でもよく覚えている。

とかく愛だの恋だのは、儚いものだ。

（ビアンカだって、今は結婚した雰囲気に目が眩《くら》まされているだけで……そのうち僕の至らぬ面が気に入らなくなるかもしれない。いや、なるのは確実だと思った方がいい）

別れるつもりは微塵もないが、自分が至らぬ箇所ならいくらでもカウントできる。

（だって僕は、彼女を満足させることすらできないのだから……！）

ランベールにも話したが、リュシアンは初夜から今まで、挿入するたびにさきに射精してしまっている。最初は慣れていないからだと思った。だが何度体を重ねても、絶対に、百パーセント先に、リュシアンはビアンカの中で暴発してしまうのだ。

さすがに最近は数回の抽送で射精してしまうことは減ったが（たまにはある）、先にイってしまうのは相変わらずだった。

そのことを告白したランベールはいまいちピンと来ていない様子だったが、ものの本には早漏の夫は嫌われるとはっきり書いてあったのである。なのにビアンカはそんな不甲斐《ふがい》ない夫に不満ひとつこぼさず、吐精した後は肩で息をするリュシアンの汗をぬぐったり、かいがいしく水を飲ませてくれたり、膝枕で頭を撫でたりしてくれる。

ちなみに彼女は息ひとつ乱していない。こちらは城中を全力疾走したくらい息が上がっているのにだ。屈辱の極みだ。

　だからこそ前戯に時間をかけたり、二度三度と挿入して中でイカせようと汗だくになるが、結局、挿入してしまうと先に達するのはリュシアンのほうだった。

（このままでは肉欲に支配されてしまう……！）

　だからひと月、離れるのだ。男としての威厳を保ち、ビアンカに愛想をつかされたくないからこそ、少し離れて冷静になる必要がある。

　尊敬される男でいたい。そう、決してビアンカをないがしろにしているわけではない。

『ビアンカ。あのですね……』

　だが彼女はハッとしたように目を丸くした後、

『あっ、でもリュシアン様はお仕事でリンデ公国に行かれるんですものね。いい子で待ってますから、お土産話たくさん聞かせてくださいねっ』

　と発言を遮り、飛びつくようにリュシアンに抱きついてきた。

　ビアンカは華奢《きゃしゃ》な体をしているのに、胸はかなり豊かで大きいのだ。

　お互い寝巻き姿で、ぴったりと体を寄せあえば当然、その先は決まっていて――。

『手紙を書きますよ』

　リュシアンはビアンカの体を抱き寄せて、そのままベッドへと移動したのだった。

　リンデに行くと伝えたあの夜、リュシアンとビアンカは激しく睦《むつ》みあった。それはもう激しく――。

（ビアンカ……）

リュシアンの腕の中で甘い悲鳴を上げていたビアンカを思い出すだけで、次第に下腹部が熱を持ち始める。

ビアンカを抱きたい。あの豊かな甘い胸に顔をうずめたい。そして彼女に抱きしめられたまま頭をよしよしと撫でてほしい。毎回先に達してしまう夫を馬鹿にすることもなく、優しくリュシアンを受け入れてくれるビアンカに、会いたくてたまらない。

ひと月離れたら肉欲を忘れるなんて、妄想に過ぎなかった。

そう、リンデに来ても思い出すのはビアンカがリュシアンを呼ぶ優しい声や、背中に回される手のひらの熱、しっとりした肌の感触ばかりなのである。

正直言ってリュシアンは女性には困っていない。このひと月でリュシアンは学生を含め、かなりの数の女性に食事に誘われたし、直接的な誘惑もされている。彼女たちはリュシアンが結婚してようがいまいが、そんなのお構いなしで近づいてくるのだ。

もちろんリュシアンは彼女たちに指一本ふれていないいし、誤解されるような行動はなにひとつとっていないが、男性が視覚的刺激で性欲を感じるというのなら、その辺の女性に興奮したって、おかしくない。

だがリュシアンのアレは、どれほどの美女を見てもピクリともしない。

「ああ、そうだ。ビアンカでなければだめなんだ……」

正直言って、リンデに来る前からうすうす気づいてはいた。

だがどうやっても自分のプライドを曲げられなかった。

だからこうやってわざわざ、妻とひと月離れて修行僧のように禁欲しているのである。

「やはり僕は馬鹿になってしまったんだな……まさか妻に溺れてしまうとは」

リュシアンは盛大なため息をつき、書き物机の上に置いていた辞書を開きペラペラとめくっていると、研修室のドアが軽快にノックされる。おそらく学生だろう。

「はい、どうぞ」

返事をすると同時に、ひとりの男性が顔をのぞかせた。

「リュシアン、茶でも飲まないか？」

「エーリク先生！」

そう、ドアからいたずらっ子のように顔をのぞかせたのは、かつての師であり今回リュシアンをリンデ公国に招いてくれたエーリクだった。手にはカップとポットが乗った銀色のトレーを持っている。

「おっしゃってくだされば、僕が用意しましたのに」

慌てて書類や本が積まれたローテーブルの上を片付けて、エーリクのスペースを作ると、彼は快活に笑いながらソファーに腰を下ろした。

「みんなが私を年寄り扱いするんだ。きみもね」

エーリクはクスッと笑って慣れた様子でカップに紅茶を注ぐ。

彼はリュシアンが少年だったころ三十を過ぎていたはずなので、今は五十代後半くらいだろう。髪は昔と変わらずふさふさしているし、目にも知的好奇心あふれた輝きがあるので、もちろん年寄りには見えない。

「先生を尊敬しているだけですよ」

「そういうことにしておこうか」

エーリクはクックッと喉を鳴らすようにして笑い、それから優雅にカップを口元に運んだ。

「きみがリンデに来てそろそろひと月が経とうとしているわけだが、講義はどうだった？」

「学生はみな優秀で探求心に満ちていて、議論を交わすことを好んでいますね。おかげさまで刺激的な日々を過ごしていますが……エーリク先生が僕のことを二十年以上ネタにしていたせいで、昔の話を聞かせてくれとねだられて、それだけは困っています」

「きみとランベール陛下の珍道中は学生に大変ウケるんだ。もはや鉄板ネタと言っていい」

エーリクは人懐っこくぱちんとウインクする。二十年以上たっても、師のこのノリは変わっていない。昔を懐かしく思いながら、リュシアンは眼鏡を押し上げ苦笑する。

「まったくもう……困った人ですね。先生はもう学長なんですから、そう言ったお遊びは控えたほうがよろしいかと」

そう、かつての恩師は、なんと学長になっていた。おかげでリュシアンは特別待遇をされても特にほかの講師からの反発を買うことなく、日々の講義を続けられている。

「先生、お尋ねしてもよろしいでしょうか」

「なんだい?」

「なぜ、僕をリンデ公国に招かれたのですか?」

その瞬間、エーリクは眼鏡の奥の瞳をやんわりと細めて、首をかしげた。

「なぜもなにも、久しぶりにゆっくり話をしたいと思ったのが理由だよ。きみは僕の大事な教え子なんだから」

恩師のさらりとした返事に、リュシアンは一瞬言葉を失った。

リュシアンはひとりの人間として自分個人にそれほどの価値があるとは思っていないので、どうもこういう無償の友愛のようなものは、落ち着かない気分になるのだ。

「恐縮です……。僕がここで学んだことは、間違いなく今の僕の、そしてネルキアの血肉になっています」

当時のネルキアにはまともな教育機関がなかった。そのことを常々不満に思っていたランベールは、リュシアンをエーリクに預け、大学で学ばせてくれたのだ。

「私はきみを、本当の息子のように思っているんだからね」

ちなみに彼には娘が三人いたのだが、全員嫁いで孫もいるらしい。

「リュシアンと娘の誰かを結婚させたいと思っていたんだがねぇ」

「あはは……とても身分が釣り合いません」

エーリクは大公の従弟だ。それこそ天と地がひっくり返ってもあり得なかっただろう。

リュシアンが笑って肩をすくめるのを見て、エーリクは探るように「身分といえば……」と口を開いた。

「きみが本当は孤児で、生まれながらの貴族ではないと学内で噂されているけれど……耳に入っているかな」

そう尋ねるエーリクの眼差しには、いたわりの光があった。この国でリュシアンを有名にしたのは彼だ。噂を耳にして、それを気にしたのかもしれない。

（なるほど。それで今日、尋ねてこられたのか……）

相変わらず優しい人だと思いながら、リュシアンは小さくうなずいた。

「はい。昔は侮られないよう隠していましたが、事実です」

リュシアンの過去はなかなかに複雑だ。孤児であることは事実だし、なにひとつ引け目に感じていないが、善良な養父や兄、亡きアニエスを悪く言われるのは不本意なので、黙っていただけである。

「僕のような生まれでも、学び知識を得ることで人のためになれる。それを教えてくれたのがこの国だと思っています」

申し出るなら今しかない。リンデに来た目的のひとつでもある望みを、リュシアンは押しつけがましくない態度で口にした。

「来週には僕も帰国します。その前にリンデ大公にお目通りはかないませんか？」

するとエーリクは少し困ったように眉を下げた。

「私もそうしたいのはやまやまなんだが、大公殿下は、もうすっかりお年を召しておられてね。公的な場にはほとんどお顔を出されないんだ」

「そう、ですか……」

リンデ大公は若いころから体が弱く、めったに表に出てこないというのは昔からよく知られることだった。だが彼の在位はすでに四十年近く経ち、リンデはますます発展の一途をたどっている。大公の手腕は大きい。

「だが息子のアルフォンス公子なら時間を作れるはずだ。近いうちに大公殿下のご機嫌伺いに、留学先からいったん帰ってくることになっている。とても聡明《そうめい》な方だよ。きみと似た部分もあって、きっと話も合う……だろうね」

そこでエーリクは、なにか引っかかりを覚えたのか、唇を引き結びじいっとリュシアンの顔を見つめる。

「エーリク先生？」

若干ぶしつけに感じる視線にリュシアンが軽く首をかしげたが、彼はリュシアンを見つめながらもどこか遠くを見ているような、考え事をしているような、おいそれと声をかけられない空気をまとっていた。窓の外の雨が次第に強くなる。

しばらくエーリクの反応を待っていると、エーリクが重々しい様子で口を開いた。

「リュシアン……。ファルケ侯爵の養子になる前は、どこでなにを？」

「三歳までネルキアの国境に近い、小さな田舎の教会で暮らしていました」

「教会？」

「はい。僕を産んだ女性は西国の娼婦だったそうです。教会に身を寄せ僕を出産し、指輪をひとつ置いてそのまま姿をくらましたとか。残された僕は三歳まで教会の孤児院で暮らし、縁あって侯爵に引き取られ養子になりました」

「娼婦……指輪……？」

かすれた声でエーリクはうなずき、それからかけていた小さな眼鏡を外して、目頭をぎゅうとつまんだ後、リュシアンの左手の小指にはめられた、銀色の輪に視線を向ける。

「もしかして指輪というのはそれかね？　昔はつけていなかったと思うんだが……」

「子供のころはサイズが合わなくて、ネックレスに通して首から下げていたんですよ」

リュシアンは指輪をするりと外すと、そのままエーリクに差し出した。彼は緊張した様子で指輪を受け取り、内側を見たり明かりに透かしたりと丹念に様子を調べ始める。

「なんの変哲もない銀の指輪ですよ。身元が分かるような印はありません」

リュシアンは笑って肩をすくめた。

産みの母がリュシアンに持たせたものだから、幼い頃はこれが自分の出世に繋がるのではないかと考えたこともある。だが指輪はいたってシンプルで、どれだけ磨いても刻印もイニシャルも数字も、浮かび上がっては来なかった。おそらく己の持ち物をシンプルに形見として残しただけなのだろう。だからリュシアンも、教会での思い出とともに大事にしていただけだ。

「……すまない。少し確かめさせてほしい」

エーリクはそう言うと、指輪をつまんで目の前のカップの中に、ポチャリと落とす。中にはまだ半分ほど紅茶が残っている。

「え？」

目をぱちくりさせるリュシアンの前で、エーリクはカップをゆらゆらと揺らし、指輪をつまみあげ、胸元から取り出したハンカチで丁寧に指輪を拭いてリュシアンに差し出した。

「ごらん」

そういうエーリクの顔はひどくこわばっていた。

「なんですか、これは」

リュシアンは眼鏡を押し上げながら、それを見つめる。ついさっきまでなんの変哲もない銀の指輪だったはずなのに、それは菫色《すみれいろ》に似た不思議な輝きを放っているではないか。

「紅茶の成分で銀が別の色に？　いや……なぜ……？」

紅茶のほうがおかしいのだろうかと、カップを持ち上げて匂いを嗅ぐリュシアンに、

「これはね、リンデ公国の地下資源のひとつである、ロイヤル・ヴァイオレットという鉱物だ」

「え？」

聞いたことのない鉱物名にリュシアンが首をかしげると、エーリクは薄く笑って、指輪をつまんだまま高く持ち上げる。

「宝石コレクターが死ぬまでに手にしたいと夢見る石のひとつだよ。シルバーから薄いピンク、赤から青、薄紫、そして赤みがかったすみれ色へ。熱と光でどんどん色が変わる。硬く、柔らかく、どんな石とも違う。その価値はダイヤモンドの一千倍ともいわれている」

ダイヤモンドの一千倍と聞いて、背筋が凍った。

ロイヤル・ヴァイオレット。宝石コレクター垂涎《すいぜん》の品を、なぜリュシアンの母が所持していたのだろう。

「……ロイヤル？」

ぽつりとつぶやいた瞬間、エーリクが緊張したように頬をひきつらせた。その些細《ささい》な変化に、リュシアンは胃の中にどろりとした鉛を流し込まれたような錯覚を覚える。

（もしかして……母はこれを盗んだお尋ね者だった？　だから僕を産んで、逃げた……？）

その可能性に気づいた瞬間、顔からサーッと血の気が引いた。

リュシアンがあの教会で育ったのは三歳までだが、母親が娼婦だったこと、自分を産み捨てて逃げたことは、教会に出入りしていた人間や当時の修道女たちの噂話で聞いている。

『なんでも彼女って、かなり有名な高級娼婦だったらしいわね。ガラスの風呂にシャンパンを注がせて、王族の前で泳いで見せたこともあるんだって』

『そんな高級娼婦がなぜ逃げてきたの？』

『パトロンだった帝国の公爵の嫉妬らしいわ。彼女に三軒の屋敷と馬を二十頭、宝石箱いっぱいのダイヤモンドを贈ったのに、若い男に乗り換えられたんだとか。妊娠がわかって嫉妬に狂った公爵に殺されかけて、逃げてきたっていうのがもっぱらの噂よ』

『あらあら、公爵様を手玉に取るなんてやるじゃない！』

『あやかりたいわねぇ～！　アハハ！』

三歳児だからわからないと思っていたのだろうが、彼らはわりとあけすけに、リュシアンの前で母のことを話していたのである。

高級娼婦なら客にリンデの貴族がいたっておかしくないだろう。

（息子の僕が指輪を持っていたことが、今さら罪に問われるのか……？）

リュシアンはリンデの刑法を脳内で検索しながら、唇を引き締めたが、

「リュシアン……どうやらきみを帰すわけにはいかなくなった」

エーリクは指輪をリュシアンの手の中にのせ、顔面蒼白《そうはく》の愛弟子《まなでし》の顔を静かに覗き込んだの

だった。

◇◇◇

リュシアンがリンデ公国に旅立ってから、すでに五週間が経っていた。

「はぁ……」

ビアンカは深いため息をつき、ソファーにぼんやりと座ったまま、数週間前に届いた手紙を広げる。差出人はもちろんビアンカの夫、リュシアンである。

きっと帰国スケジュールについて書いてあるのだと、期待し喜び勇んで開いた手紙には、リュシアンの美しい文字で、季節の挨拶からリンデでどう過ごしているか、それからビアンカの体調を気遣った内容などがつづられ、最後に『帰国を少し遅らせることになりました』とあって、ビアンカは激しく絶望したのだった。

少し、とは曖昧過ぎないだろうか。そして彼からはその後連絡がない。まめに手紙をくれていたのに、リンデでの生活が楽しすぎてビアンカのことなど忘れてしまったのだろうか。

「はぁ……」

何度目かの盛大なため息を聞いたアルマが、お茶のお代わりを注ぎながら微笑む。

「お返事は書かれないのですか？」

　ビアンカはいつも便箋十枚ほどに返事をしたためているのだが、今回に限ってはまだペンを取る気になれない。

「そうね……寂しいって、恨み言を書いてしまう気がして」

　リュシアンはかつての恩師から『ネルキアの財政を立て直した功労者』として招かれ、大学で講義をすることになった。公国滞在中にリンデの王族との間に太いパイプを作るのがリュシアンに下された王命――ということらしい。

　滞在が延びたのはリュシアンが優秀だからだ。自分が『寂しい、会いたい』という感情だけで口を挟むのは、彼の素晴らしい業績を汚すような気がして気が引ける。

「そんなの、遠慮せずお書きになればいいじゃないですか。新婚なんですし」

「でもリュシアン様、すっごく楽しそうに旅立っていったもの……。困らせたくないわ」

　アルマの言葉にビアンカは顔を上げ、ぼうっと美しいシャンデリアを見上げる。

「あぁ、落ち込んでいてはだめね。少し庭を散歩してきます」

　ビアンカはデイドレスの上にショールを羽織ると、供をするというアルマを断って、ひとりで庭を散歩することにした。

　冬の庭は幅が減り、色彩が欠けて全体的に大人しくなる。庭全体ががらんと寂しい印象だ。

　年が明ける頃には可憐《かれん》なスノードロップやクロッカス、シクラメンが咲く予定だというが、ビアンカの心は今の冬の庭同様、リュシアンという花を失ってがらんどうの状態だった。

（ランベール陛下……お恨み申し上げます）

ビアンカの心の声が冬の空に溶けて消えていく。

陛下を恨んでも仕方ないのだが、彼が許可さえ出さなければと思ってしまう自分が情けない。

ビアンカは庭の途中に置かれた東屋《あずまや》のベンチに腰を下ろし、ぼんやりしたまま色味の減った庭を眺めていると――。

「すっかり気落ちしているな。やはり俺は罪なことをしてしまったようだ」

突然頭上から低い声がして、ビアンカの体が影に包まれる。

「え……？」

ぽかんと口を開けたビアンカが顎を持ちあげると、金色のきらめきが目に飛び込んできた。

最初は、黄金の像が立っていると思った。どんよりした雲間から一筋の光がさして、その人の大きな体を金色に包み込み、頭上は王冠をのせたようにキラキラと輝いている。

そしてこちらを見つめる空の青より青い、サファイヤの瞳を見た瞬間、ビアンカは頭のてっぺんを強く殴られるような衝撃を受けた。

「っ……陛下！」

ビアンカは悲鳴を上げる。

王城で働いていたビアンカだが、国王であるランベール陛下をこのような至近距離で見たことなど一度もない。

だがこの人が王でなければ、誰が王だと言うのだ。

ランベール・ジョス・ヴァリエ・ネルキア。ネルキアの十三代目の王。

目の前の大男からは威厳と気迫が波のように押し寄せてきて、二十歳の小娘であるビアンカはなんとか理性をかき集め、震えながらベンチから立ち上がり深々と膝を折った。

心臓がバクバクと胸の奥で跳ね回っている。ついさきほどまで、うっすら肌寒さまで感じていた体は、燃えるように熱くなっていた。

「ビアンカ、そうかしこまらないでほしい」

ランベールはさらりとそう口にすると、ベンチに座って、隣をとんと叩く。

「いきなり押し掛けたのはこちらだ。無礼講でいこう。ここに座ってくれ。茶はいらん」

「えっ、あっ……は、はいっ……」

国王陛下と同じベンチに座るなんてどう考えても不敬だが、本人が『座れ』と言ってくれているのだから、従うしかない。ビアンカは改めてドレスの裾を軽く持ち上げ、一礼してからおそるおそるランベールの隣に腰を下ろした。

（おっ……おっきい……!!）

それなりに大きいベンチのはずだが、ランベールがひとり座っただけで半分くらいは埋まっている。リュシアンもかなりの長身だが、ランベールはさらに頭半分は大きいのではないだろうか。意志の強そうな眉や、きりりと引き締まった唇は想像通りで、リュシアンが月ならこの人は太陽だ。長くたくましい足を優雅に組むと、膝の上で頬杖をついてビアンカを見下ろした。

「リュリュから常々話は聞いていた。こうやって会って話ができることを嬉しく思う」

「もっ……もったいないお言葉でございますっ……って、リュリュ……？」

「リュリュというのは、リュシアンのあだ名だ。あいつが俺の侍従をしていたころ、そう呼んでいた」

そしてランベールは、目を丸くしているビアンカに対して、にっこりと目を細める。

「今でもからかうときにわざと『リュリュ』と呼ぶんだ。ムッとするのがかわいくて、なかなか辞められん」

「へぇ……それはなかなか素敵なご趣味ですね……。あっ、失礼いたしましたっ！」

ビアンカがペコペコと頭を上げげたり下げたりしているのを見て、ランベールはクックッと喉を鳴らして笑う。

（あぁ～～～……緊張しすぎて挙動不審になってしまう～～～！）

私的訪問をするにしても、事前に一言くれていたらきちんともてなす準備をしたし、リュシアンの妻にふさわしい振る舞いをするよう努力をしたのに、いきなり突撃してくるなんてあんまりではないか。

ビアンカはうつむいたままキリキリと唇を引き結んだが、後の祭りである。

（でも、この方が豪放磊落《ごうほうらいらく》なお人だというのは、噂では聞いていたし……。身分を隠してリュ

シアン様と世界中を放浪していたくらいなんだから、貴族のこうあるべき、みたいな常識は通用しないお方なのかもしれない）

ビアンカは息を吐くと、それから表情を引き締めてランベールを見上げた。

夫の不在にわざわざ訪れたのだ。なにか理由があるに決まっている。

「陛下、本日のご訪問は、夫の帰国が遅れることと関係があるのでしょうか」

するとランベールは青い目を軽く見開いた後、

「話が早くて助かる。リュシアンから聞いた通りだな」

と満足げに微笑んだ。

いったいリュシアンは陛下になにを吹き込んだのだろう。背中にまた汗が流れるのを感じつつ、ビアンカはランベールの返答を待つ。

「俺のところにも、リュシアンから手紙が来た。『もう少しリンデ公国の滞在を延ばす』とな」

「さようでございますか……同じ内容です」

賢いリュシアンのことだ。リンデでの生活はきっと刺激に満ちて楽しいのだろう。それを否定する気はないし、邪魔もしたくない。ただ会えないのが寂しいだけである。

ビアンカがしょんぼりと肩を落とすと同時に、

「でもまぁ、それは嘘だな」

と、ランベールが言うのでびっくりした。

「えっ、嘘⁉」

「講師は楽しんだだろうが、だからと言って滞在を延ばすなんてありえない」

「でも……リュシアン様は学問がお好きですし……」

「まぁな。だがリンデにはビアンカがいない」

ランベールはきっぱりと言い切って、頬杖をついていた手を外し、ベンチの後ろに回した。

「正直言って、純粋に楽しめたのは二週間かそこらじゃないか？　残りの二週間は指折り数えながら帰国する日を待ちわびていたはずだ」

リンデにはビアンカがいない。

ランベールのさりげない言葉に胸がきゅうきゅうと締め付けられて苦しくなる。

「……そう思っても、いいのでしょうか」

そうだったらどんなに嬉しいか。鼻の奥がつん、と痛くなった。

「当たり前だろう」

ランベールはそう言い切った後、切れ長の目を細めうつむくビアンカに顔を寄せる。

「で、あの手紙を読んだお前はどう思った？」

どう思ったかなんて決まっている。

「――リュシアン様に、お会いしたいと思いました」

そう口にした瞬間、自分の中で一本筋が通った気がした。

「いつ帰ってくるのかとやきもきするくらいなら、自分からリュシアン様に会いに行きたいです」

決意とともに顔を上げると、こちらをまっすぐに見つめるランベールと視線がぶつかる。

「さすがリュシアンが選んだ女性だ。説得の必要もなかったな」

ランベールはぱちんと指を鳴らして、胸元から真っ白な封筒を取り出した。

「では、行ってくれ」

「えっ？」

白い封筒にはネルキアの紋章である獅子《しし》の横顔の封蝋《ふうろう》で、封印が施されている。

「リュシアンの様子を見に行ってほしい。ひと月くらいならと受け入れたが、これ以上引き延ばされると、うちが困る。なにもなければ、少しふたりでゆっくりしてくるといい。俺からの餞別《せんべつ》だ」

冗談めかした口調でそう言うと、茫然としているビアンカに陽気にウインクをして、立ち上がった。

「慌ただしくてすまないな。今度は夫婦がそろっているときに遊びに来る」

「はい……陛下、その日を楽しみにしております」

封筒を受け取ったビアンカは深々とひざを折り、ランベールを見送った。

おそらくこの庭にも精通しているのだろう、庭を突っ切って出ていくランベールは、あっという間に姿が見えなくなった。

「嵐みたいな方ね……」

あたりを圧倒しながら近づいてきて、そしてあっという間に去っていく。ビアンカの心臓は、王が見えなくなった今もドキドキと胸の奥で鼓動を刻んでいた。

何度か深呼吸をし、もらった封筒を開けると、鉄道の切符や滞在先のホテルの住所が書かれた便箋、そしてリンデ銀行の小切手帳が入っていた。

便箋には『よい旅を　L』とだけ書かれている。

さすがリュシアンの主というべきだろうか。ビアンカがリュシアンに会いに行きたいと自ら言い出すことが分かっていたのだ。

ビアンカは封筒をぎゅっと胸に抱きしめると、顔を上げる。

「よし、行こう！」

ここ数週間、ずっと落ち込んでいたビアンカの心は、雨上がりの空と同じくらい澄み切っていて、不思議な高揚感に包まれたのだった。

六章　ロイヤル・ヴァイオレット

リンデ公国への移動は大陸を夜行で横断する寝台列車で行うことになった。残念ながらネルキアには停車する駅がないので、いったん南の隣国へと列車で移動し、そこから列車に乗っての三泊四日の旅である。

鉄道は新婚旅行で経験していたが今度は寝台列車だ。トランクを車掌に預けた後、ビアンカは胸を高鳴らせながら、自分に割り当てられている客室へと向かう。

客席にはゴブラン織りのソファーのような座席シートと、壁にくっついたテーブルが向かい合うような形で設置されていて、クローゼットかと開けたドアはなんと洗面台だった。

隣には小さなシャワールームがあり、部屋の隅にあるマホガニー製のキャビネットの中には紅茶の缶が収められていて、さらに奥にはベッドがひとつ、設置されているのが見える。

新婚旅行で乗った列車のほうが客室は広かったが、こちらはひとつひとつの道具の細工が豪華で、重厚感があった。

「わぁ……すごいっ」

きゃっきゃっとはしゃぎながら部屋の中をうろうろしていると、列車乗務員が、優雅にシャンパンとフルーツを運んできた。

「十八時にご夕食となっております。お時間になりましたら食堂車両へお越しください」

「はい」

ビアンカはお行儀よくうなずき、シャンパングラスにそうっと唇をつける。

グラスはほっそりとした女性の体に似た優美な曲線を描いており、持ち手の部分にツタのような細工が施されている。

(グラスひとつとってもおしゃれ……さすがリンデ公国が作った寝台列車……!)

このヴァイオレット急行は終点がリンデ公国であり、かの国が贅《ぜい》を尽くして制作した国際寝台列車なのだ。客は貴族か裕福な旅行者しかおらず、本来ビアンカのような二十歳の小娘がひとりで乗れるものではないのだが、そこはランベールが手を尽くして用意してくれた。

(まぁ、そうでないと女のひとり旅なんて難しいものね……)

ランベールが非公式でビアンカに接触したのは、彼が一枚かんでいると公には知らせないためだ。リュシアンがどういう状況でリンデに滞在しているかわからない以上、大人数で行くのはかえって目立つかもしれないと、ビアンカはひとりで行くことを選んだのだった。

それからビアンカはトランクを開け、夕食のために淡い薄緑色のドレスを取り出す。

夜の正装では光沢があるものを身に着けるのが基本だ。肌が透けて見えるオーガンジーの襟元には真珠があしらわれ、明かりに反射してキラキラと輝いている。胸の下に切り替えがついており、妖精のドレスのようにふんわりと広がっていた。

ヴァイオレット急行に乗り込む前に見た女性たちは、ほぼバッスルスタイルだったが、中にはちらほらと、ほっそりしたシルエットのドレスを身にまとった女性も目についた。

（リュシアン様が、いずれお尻の部分が小さくなるって言ってたけれど、実際そうなっていたのね……次のスタイルが来るのは十年どころじゃないかも）

流行の移り変わりは早いと実感しながら、ビアンカは夜のドレスに着替え、髪を手ずから編み込こんだ後、花瓶に飾られていた小さな白い花を取り、耳の上に挿した。

それから小さなバッグを持って食堂車へと移動する。

ビアンカを発見した列車乗務員が奥のひとり席へと案内してくれた。しっかりとアイロンがあてられたテーブルクロスの上には、よく磨かれた銀のカトラリーが美しく整列している。

「これから夕日が落ちるところが見えますよ。どうぞごゆっくり」

「ありがとう、楽しみです」

ビアンカはうなずきながら、行儀よく背筋を伸ばしこっそりと周囲を見回した。

基本的には男女の二人連れが多かったが、案外ひとり客は複数いた。外交官なのか少しお堅い雰囲気の男性や、抜け目のなさそうな商人、そして上品なマダムなど、多種多様である。

（私もうまく馴染《なじ》んでいるかしら。浮いていないかしら……）

そんなことを思いながら、運ばれてくる料理に舌鼓を打つ。前菜は野菜のテリーヌ、バターが効いたかぼちゃのスープ、鴨肉《かもにく》のパイ包みと、しっかりしたメニューだった。

それからチーズとワインが運ばれてきて、ビアンカはアルコールに頬をほてらせながら、窓の外を見つめる。壁一面の大きなガラス窓の外は、もちろん知らない景色で、ちょうど今は森のそばを走っているが、木々の葉の色すらネルキアのものとは違って見える。

空の色が次第に薄桃色から紫、濃紺へと変わっていく。走っている列車の中なのに、なぜか時間が止まっているように感じる。

周囲にはたくさん人がいるのに、なんだか無性に寂しくなってしまった。

(ここにリュシアン様がいたらいいのに……)

列車の旅は興奮に満ちているが、胸にぽっかりと空いた穴は、リュシアンでしか埋められない。早く会いたい。会って力いっぱい抱きしめたい。

夫が恋しくてたまらないビアンカの瞳に、じんわりと涙が浮かぶ。

「ぐすっ……」

「ねぇ、あなた」

涙ぐみ、物思いにふけっていたところに突然声をかけられて、持っていたクラッカーを皿の上に落としてしまった。

「あらあら、突然声をかけてごめんなさい」

「いえ、私こそぼんやりしていて……」

声をかけてきたのは、六十代くらいの女性だった。上品な身のこなし、凝った髪形など上流階級の女性だと一目でわかる。

斜め前に座った彼女はやんわり微笑んで、

「お互いひとりのようだし、よかったら一緒にどうかしら」

とワインのグラスを持ち上げた。

「ええ、もちろん。そちらのテーブルにうかがっても？」

そっと目の端に浮かぶ涙を指でぬぐうと、ビアンカはにっこりと微笑み、列車乗務員に目配せして、自分の皿とグラスを彼女のテーブルへと運んでもらった。

それからグラスをかわし、乾杯する。彼女の名はマーサ・マクレア。亡き夫がリンデ公国の伯爵で、今は息子が爵位を継いでいるらしい。

（今はまだ、リュシアン様の名前は出さない方がいいかもしれない……）

ビアンカは「ビアンカ・シエルラと申します」と簡単な自己紹介のみで済ませることにした。ちなみに設定としては『リンデに住む叔母の見舞いに行く既婚女性』だ。

マクレア夫人の夫は元外交官で、その縁あって帝国まで遺品の一部を運んだ帰りらしい。もう数年、遺品を世界中に運ぶ旅を続けているのだとか。侍女をひとりだけ連れての気軽な旅行だと笑っていた。

「夫とはヴァイオレット急行に乗って世界中を旅したわ。最初からいい夫婦だったとは言えないけれど、もうよかったことしか思い出さないの。不思議ねぇ」

そう言って窓の外を見つめる彼女の横顔は、とても美しかった。

つられるように空を見ていると、夫の愁いを帯びたすみれ色の瞳を思い出す。

(リュシアン様、大丈夫かしら……大丈夫よね?)

ランベールは『ビアンカがいるのに帰ってこないはずがない』というようなことを言っていたが、ビアンカはそこまで自分が愛されているとは思っていない。もちろん彼に大事にしてもらっている自覚はあるし、夫婦としてうまくやっていると思うが。

(だって、好きなのは私ばっかりだもの……)

ビアンカはリュシアンのことが大好きなので、そのことを思うと胸がチクッと痛くなるのだが、そもそも結婚だってただの成り行きだ。今は『きみと結婚できてよかったと思っている』と言ってくれたリュシアンの言葉があれば十分だろう。

(そう……お互いの気持ちが同じじゃなくても構わない。ペースが違っていてもいいわ。夫婦の時間はまだまだこれからなんだもの……)

三泊四日の鉄道の旅は順調に終わった。

「着いた~……!」

ビアンカはホテルのソファーに勢いよく飛び込んで、大きなため息をつく。

すでに日付が回った深夜で、窓の外では青白い月が煌々《こうこう》と輝いている。ビアンカはぼんやりと天井を見上げた。

ホテルは海に面した白と青を基調にした非常に美しい施設だった。宿泊客は明らかに上流階級の男女ばかりで、以前のビアンカなら気後れしそうだったが、国王陛下と同じベンチに座った今のビアンカには恐るるに足らずだ。

「三泊四日、あっという間だったなぁ……」

寝台列車の旅は、マクレア夫人のおかげで楽しく刺激的な時間を過ごせた。

ひとりで誰とも話さないままは少し寂しいなと思っていたので、彼女と食事をしたりカードゲームで遊んだり、お茶をする時間のおかげで、寂しいと思うことは一度もなかった。

別れる際もホテルまで送ってもらい、恐縮しつつもビアンカは部屋番号を伝えて別れたくらいだ。夫人からしたら、ビアンカは多くを語らないちょっと怪しい人間のはずなのだが、結局、氏素性はなにも聞かれないままだった。なにかしらの事情を察知したのかもしれない。さすが元外交官の妻である。

思い切ってソファーから降り、バルコニーに出て大きく外気を吸い込む。

「空気が全然違うのね……やっぱり違う国なんだわ」

季節は冬なのにネルキアよりずっと温かい。夜でもショールだけでなんとかなりそうだ。冬のリンデ公国は雨が多いと聞いていたが、ここまで荷物を運んできたホテルの従業員がいうには、それでも基本的には晴天なのだという。

バルコニーの手すりにもたれながら、ぼんやりと目の前に広がる海と白い砂浜を眺めていると、深夜にも関わらずホテルに向かって自動車がぞくぞくと集まってくるのが見える。

カジノがあると聞いていたので、その客だろうか。

「すごいなぁ……」

ちなみにマクレア夫人の迎えも馬車ではなく自動車だった。自動車の存在は知っているが、ネルキアで乗っている人などほぼ見たことがない。新しい物好きと評判の公爵家くらいである。

「自動車に初めて乗ります！」

とビアンカが目を輝かせると、マクレア夫人は、

「リンデの男たちは車好きで、うちの息子は自動車レースにも出てるのよ」

と笑っていた。自動車は馬車より静かで揺れないし乗り心地もいい。すぐに世界を席巻《せっけん》するだろう。

世界有数の富裕国と言われるリンデだからこそかもしれないが、こうやってネルキアのうんと先を進んでいる他国を見ると、リュシアンはやはり『帰りたくない』のではないかと、思ってしまう。そうなるとビアンカの不安がいきつく先はひとつだ。

（私なんか、必要ないと思われるかも……）

そもそも不本意な結婚だったことを思い出して怖くなる。

ホテルは喧騒に包まれているが、耳を澄ますと波が押し寄せてくる音が聞こえる。しばらく寄せては返す波を見つめていたビアンカは、唇をぎゅっと引き結び銀色の月にリュシアンを重ねて、きりっとした表情になった。

「いやいや、ちゃんとお話をしないとっ」

そう、勝手にリュシアンの気持ちを決めつけてはいけない。彼が今どう思っているか、今後どうするつもりなのか、リュシアンの意思を確かめるのだ。


翌日ビアンカは軽く朝食をとり、身支度を調えて大学へと向かうことにした。

昨晩は興奮して寝付けなかったが気が付けば朝である。緊張とリュシアンに会えるドキドキでまったく落ち着かない。屋敷を出る前にそちらに向かう旨の手紙を書けばよかったと思うが、郵便よりも自分のほうが先に着くので、結局知らせないままだった。

(リュシアン様の妻として、恥ずかしくないようにしないと……！)

淡いピンクのバッスルスタイルのドレスは、美しいプリーツが幾重にも折り重なった上品なものだ。髪はハーフアップにして頭の上にはドレスと同じ素材の小さな帽子をのせる。

エントランスに降りるとホテルの従業員が辻馬車《つじばしゃ》を手配してくれたので、さっそく馬車に乗り込み、リンデ中央にある大学へと向かった。

ビアンカは大学というものを知らない。

(どんなところなのかしら……。そもそも女の私が入っていいのかしら?)

リュシアンが講師をしているのだから、行けばすぐに会えると思っていたが、門前払いされる恐れもあるのではないか。

ネルキアには十三歳から二十歳までを寄宿舎で過ごす、貴族の男子のための学び舎があるが、十五年ほど前から、国王の推薦があれば平民の子供たちも入学できるようになった。

該当する学生には、陛下自らネルキアの紋章が刻まれた指輪が与えられるのだとか。平民出身の優秀な学生たちは、卒業後にリュシアンの部下になるものもいると聞く。

女子のビアンカにとって、学問はそのくらい敷居が高いものなのだ。

ビアンカはドキドキしながら馬車を下りて、立派な白亜の建物を見上げた。

「まるで神殿みたいね……」

あたりをきょろきょろと見回していると、遠くにいる女子がふたり胸に本を抱えて敷地内に入っていく姿が見える。

(女性が入っていくわ!)

ビアンカも駆け足で彼女たちの後を追いかけ、敷地に足を踏み入れた。

構内を歩いて気が付いたが、大学には男子ほどではないが女学生もいるようだ。

中庭を中心に建物が囲うように立っており、庭の中心には大きな噴水があって、ベンチに座った学生が芝生に寝転んだり本を読んだりと自由にくつろいでいる。授業はまだ始まっていないのか、一階の窓から見える講堂の中では自習をしている女学生もいた。

（すごい……。女子も学べるのね……）

十七で社交界デビューをし、できるだけ早く条件のいい結婚相手を見つけて嫁ぐのが当然の世界で生きてきたので、なにもかもが驚きでしかない。

もしかしたらネルキアも近い将来、そんなふうに変わっていくのだろうか。

ドキドキしながら歩いていると、背後から、

「きみ、学生さん？」

と声をかけられる。驚いて振り返ると、そこに同世代らしい青年が立っていた。

「えっ、あ、っ、違いますっ……私、ネルキアから来まして、その、リュシアン様のっ……」

しどろもどろに口を開くと、青年は「あーっ、リュシアン先生の講義を聞きに来たの？　多いんだよね、最近！」と、大きくうなずき始める。

「えっ？」

「でもね、もぐり行為は禁止されてるよ」

「もぐ……？」

「大学は税金で運営されてるんだ。学生ではない人が、巷《ちまた》で評判だからってリュシアン先生の講義を聞こうとするのはだめだってこと」

「あ……はい」

どうやらビアンカは、リュシアンの講義を聞きに来たどこかの学生に間違われているようだ。そうではないのだが部外者扱いは落ち込んでしまう。しゅんとうなだれるビアンカを見て、いろいろ勘違いをしている青年は、慌てたように言葉を続けた。

「あっ、ごめんね。きみを傷つけるつもりはないんだ。リュシアン先生の講義は面白かったし、受けてみたいと思うのは当然だ。でも先生はもう大学で講義はされてないんだ。だから――」

青年の言葉に、ビアンカは頭を大きな石で殴られたようなショックを受けた。

「えっ、ちょっと待ってください！　もう講義されてないって、どういうことですか⁉」

「いや、最初からひと月だけの集中講義だって決まってたし……」

人のよさそうな青年は、ビアンカの鬼気迫る迫力にたじたじになりながら、半歩、後ずさった。

「でも……だって……」

ショックで一瞬頭が真っ白になり、ビアンカは言葉を失う。

(待って。落ち着いて、ビアンカ。焦ってはだめよ)

ビアンカは胸のあたりに手のひらをのせて、こみあげてくる吐き気を必死で抑えながら唇を引き結ぶ。ビアンカは背筋を伸ばし、ゆるゆると首を振った。

「すみません、彼の講義を聞きに来たわけではありません。私は彼の家族なんです」

「えっ、家族？」

ビアンカはこくりとうなずき、周囲を見回した。

「滞在を延期すると言う手紙をもらって会いに来たんですが、大学にいないとなると……彼が今、どこにいるかご存じないでしょうか」

ビアンカは持っていた小さなハンドバッグの中から、リュシアンから届いた手紙を取り出し、差出人の名前を見せる。

「あ、ほんとだ」

青年は驚いたように目を丸くした後、なにを思ったのかパーッと笑顔になって大きな声で叫んでいた。

「おーい！　みんな～！　彼女、リュシアン先生の妹さんだって！」

「⁉　⁉　⁉　⁉」

「ええ～！　妹さんがいらっしゃったの⁉」

「うっそ、どこ、あっ、すっげえかわいい！　美人！」

「わ～！　握手握手！」

青年の一声で、ビアンカはあっという間に多くの男女に取り囲まれ、もみくちゃにされてしまった。

這う這うの体でホテルに戻ったビアンカは、そのままベッドにうつぶせに倒れこんだ。両手で耳をふさぐと、こめかみのあたりが万力でねじられているような頭痛がする。

「頭の中で、まだ声が響いてるわ……」

お城勤めをして三年、それなりにいろいろな経験をしたと思うが、命の危機を感じたのはこれが初めてだった。まだ心臓がドキドキと鼓動を打っていて、冬だというのにしっとりと汗をかいている。

「はぁ〜〜……もう大学には行けないわね……」

学生たちに取り囲まれ、ぎゅうぎゅうに押しつぶされたビアンカは、その熱狂ぶりが恐ろしくなりなんとか人の壁を割って、走って逃げだした。

「あれっ、あの子がいない！」

背後から、勘違いばかりしていた例の青年の声が聞こえたが、恐ろしくて振り返ることすらできなかった。

「大学に行けばすぐに会えると思ったのになぁ……」

大きなため息をつくと、どっと疲れが押し寄せてくる。ごろんと寝返りを打ち、天井に描かれた天使の絵を見上げた。

自然と思い出されるのは『リュシアン先生の妹さん』という言葉で――。

「妹って……失礼な……」

思わず唇を尖らせてしまった。

「私は妻ですっ……確かにリュシアン様の隣に立つにはふさわしくないかもしれないけれど、妻なんですっ……！」

子供のように足をばたつかせながら叫ぶ。

あの場では言えなかった文句が口をついて出て、ビアンカは悔しくてたまらなくなった。

確かに年は離れているが、そういう問題ではないとビアンカはわかっている。

あのリュシアン・ファルケ・ガルシアがこのような女を妻にするはずがない――という世間の共通認識が憎らしいのだ。

ビアンカは寝転んだまま、バッグからもう何度も読み返したリュシアンの手紙を取り出す。


ビアンカ、お元気ですか。

ネルキアはすっかり寒くなったでしょう。ちゃんと暖かくして寝るように。

出発前に帝国から毛皮を取り寄せたのでそろそろ届くはずです。

ベッドに敷くといいでしょう。

そういえば侍女だったころ、冬は湯たんぽを入れてくれていましたね。

あれは非常によかった。きみは痩せているので風邪を引かないか心配です。

とにかく体に気を付けてください。帰国を少し遅らせることになりました。

心配無用です。

あなたの夫　リュシアン

「――もうっ……」

鼻の奥がつんと痛くなって、自然と涙が浮かんだ。

リュシアンの現状が知りたいのに、彼の手紙にはとにかく『体に気をつけろ』と『心配するな』しか書いていない。ちっとも寂しくなさそうな夫が憎らしい。

だが同時に『あなたの夫』と書かれた文字を見ると、ビアンカの胸は明かりを灯されたかのように暖かくなる。リュシアンが自分を妻だと認識してくれている。誰になんと言われても、リュシアンがそう思ってくれているのなら、ビアンカは勇気をもてる。

「なんとかしなくちゃ……」

めそめそ落ち込んでいる暇などない。ビアンカは体を起こしてぱちんと己の頬を両手で叩くと、ベッドから勢いをつけて飛び降りた。

滞在を延長するにしても、大学ならリュシアンが今どこにいるか誰かしら知っていると思っていた。だが彼は大学からは姿を消し、講師専用の寮も出て行ったという。そしてそのことを学生たちは特に不審がってはいないようだった。

ではリュシアンは今どこにいる？

そもそもあの手紙は彼の意思で書かれたものだったのだろうか。

（もしかして……誰かにそう書くように指示された？）

そう考えた瞬間、全身の毛がぶわっと総毛立つのを感じた。

司法に訴えるべきか。だがリュシアンは一国の宰相だ、公人である。ビアンカが憶測で騒ぐのはまずい。下手をしたら国際問題になってしまう。まずは今わかっていることを、ランベールに知らせるべきだろう。

そしてビアンカはビアンカで、現地にいるのだからリュシアンの居場所を探すべきだ。

「でも、どうやって……？」

部屋の中をぐるぐる回りながら、思案する。

「なにか……っては……なにか、このリンデ公国に……あっ！」

ビアンカはその場に立ち尽くし、緑の目をぱっちりと見開いて、バルコニーの外に広がる、青い海と空を見つめたのだった。

◇◇◇

大きな窓の外はリンデ特有の冬でも青く美しい海が広がっている。窓辺に座ったリュシアンはゆっくりと本のページをめくっていた。コンコンとドアがノックされる音がして、顔をあげると同時に、ひとりの男性が給仕やメイドを連れて部屋に入ってくる。

「リュシアン、元気にしているかな」

「エーリク先生」

リュシアンは広げていた本を閉じ、続き部屋にあるテーブルへと移動した。

彼の顔を見るのは実に三週間ぶりだ。

「僕がこの状況で、ご機嫌よく過ごしているとでも?」

怒りを押し殺しながら問いかけたつもりだったが、かすかに声は震えていた。

そう、リュシアンは今、謎の屋敷に押し込まれている。

『謎』というのは本当にわからないからだ。指輪を取り上げられた後、不安な気持ちのままひと月の集中講義を終えたリュシアンは、その後エーリクの迎えだという自動車に乗せられ、この海辺の別荘にやってきた。そして部屋の一室に閉じ込められ、はや三週間が過ぎている。

軟禁前に一度だけ、ビアンカとランベールあてに手紙を書かせてもらったが、軟禁されていることなど書けるはずもない。それほど大きくないリンデ公国なので、だいたい地図のあのあたりだろうなという目星はついているが、屋敷で働いている使用人たちはリュシアンがなにを話しかけても「申し訳ございません」と言ってそそくさと逃げていくのだ。

リュシアンの我慢もそろそろ限界だった。

「すまないな、リュシアン。不便をかけて」

無言でにらみつけるリュシアンを見ても、エーリクは眉ひとつ動かさなかった。

「いつまで僕は、ここで過ごせばいいんですか？」

「あと、少しだよ」

その軽い発言からは、まったくリュシアンを納得させたいという気持ちが感じられず、テーブルを蹴っ飛ばしたい気分になったが、そんなことをしても仕方ない。

そもそもエーリクの一存で、リュシアンが軟禁されているわけではないはずだ。

エーリクはにこやかに微笑むと、銀色の燭台《しょくだい》を挟んだ正面の椅子に腰を下ろした。

しわひとつなくアイロンがかけられた白いテーブルの上に、焼き立てのクロワッサンや白パン、フルーツ、ソテーされた豚肉や魚料理が五種類ずつ並べられる。

リュシアンは銀のスプーンで凝った味のするスープを飲み、パンをちぎって口に運ぶ。

指輪はいまだに戻ってきていない。生まれてからずっと肌身離さず持っていたが、盗まれたものなら当然返却するしかない。いやもう、返せと言われなくても返したい。そして一刻も早くネルキアに戻り、ビアンカに会いたかった。

（いったいなにがしたいんだ……）

師に指示を出しているのは大公だろうか。それとも留学中のその息子？

母が過去に大公家ゆかりの指輪を盗んだ娼婦だとして、指輪を取り返しただけではすまないのだろうか。生まれたときに指輪を持っていたからと、リュシアンまで罪に問われるなど、あまりにも理不尽が過ぎるように思う。

だが不満を訴えたところで状況が変わるはずがない。貴族は多くのしがらみに縛られており、王族ともなれば個人の快不快など些末《さまつ》な問題なのだ。

「故郷の妻に手紙を書きたいのですが」

「用意させよう。だがここに関しては他言無用だよ」

「他言無用も何も、僕はなにも教えてもらっていませんから、語りようがありませんね」

リュシアンは若干の皮肉と嫌味《いやみ》を含ませながら、ワインを水で薄めたものを一気にあおった。

そもそも手紙の中身は検閲されるはずだ。

「リュシアン、なにかほかに必要なものは？」

「帰りの切符ですかね」

ぷいっと目線をそらしながらつぶやいた。

「リュシアン、悪いようにはしないからツンツンするのをやめてくれないか。寂しいよ」

エーリクが若干困ったように眉を下げるが、リュシアンは抑えられなかった。

「一国の宰相を軟禁しておいて悪いようにしないと言われても、ご冗談をとしか言いようがありません。ほかに誰も僕と話をしてくれないから先生ともおしゃべりしていますが、僕の中で今、エーリク先生への尊敬の念は底辺をさまよっています。そしてなにより、それを許している『どなた』かにもね。あぁ、僕の発言が侮辱だとおっしゃるなら、どうぞ地下牢《ちかろう》にでもぶち込んでください」

久しぶりに人と口をきいて気分が高揚したのもつかの間、しゃべればしゃべるほど腹が立ってくるな、という苛立ちが押し寄せて気分が重くなる。

「リュシアン。リンデには前時代的な地下牢というものはもう存在しない」

「そうでしたね。だから僕はこうやって『きれいなお部屋』にしまわれているわけだ」

リュシアンはぐるりと部屋を見回した。

窓はすべてはめ殺しで、仮にガラスを割って外に出たとしてもすぐに捕まるだろう。

リンデは富裕層が集まる国だからこそ、治安維持にもかなり力を入れており、街中を美しく着飾った憲兵たちが仰々しく練り歩いているのである。指輪を盗んだ罪でリュシアンが軟禁されているとしたら、この状況はまだマシな方かもしれないのだ。

（本気で投獄されたいわけじゃないしな……）

結局、リュシアンはこの部屋で大人しくしているしかない。

眉間にしわを寄せるリュシアンに、

「三日後の満月の夜に、ごくごく内輪の集まりがある。そこに参加してくれるかな。今日はそれを伝えに来たんだよ」

口元をナプキンで拭きながらエーリクが口を開いた。

「え……？」

なにも説明しないまま三週間を過ごさせておきながら、数日後いきなり謎の集まりに参加しろという。だがその誘いこそが、エーリクが今日来た理由に違いない。

「――僕に選択肢がありませんからね。わかりました」

聞きたいことは山ほどあるが、とりあえず外に出られると聞いて少しだけ気分が軽くなった。

三日後のその集まりが吉と出るか凶と出るか。もしかしたら非合法の私的裁判が行われるのかもしれない。リュシアンはいったいどうなるのだろう。膝の上で絡ませた両手は、不安を紛らわせるかのように、癖で左手の小指をなぞるように動いていた。

指輪は手元にないというのに、どうやら不安を感じているらしい。案外自分にもかわいいところがあるのだなと思いながら、リュシアンは目を伏せた。


そうして訪れた約束の夜。リュシアンはこれでもかと着飾った鏡の中の自分を、不思議な気分で見つめていた。光沢のある襟のウイングカラーシャツに、ピケベストと白の蝶《ちょう》ネクタイを合わせ、燕《つばめ》の尾のように長いテールコートを羽織った姿は、装うことに対して長い歴史とこだわりを持つリンデ公国の貴族らしい。結婚式では勲章を拝受するときくらいしか出番がない宮廷服を着たので、このような伊達男《だておとこ》風な正装は生まれて初めてだった。

（私的裁判にかけられるのかと思っていたが、この正装はいったいなんだ……？）

ちなみに髪はきれいに撫でつけられ、上等な香水をふりかけられている。

途中エーリクに『とりあえず眼鏡は外したほうがいいね』と言われたので仕方なく内ポケッ

トに差し込んだ。まったく見えないわけではないがやはり不便だ。あるとないとでは全然違うのにと思ったが、外すように言われた意味は会場に着いてわかった。

視線を感じても、こちらからは一切話しかけられないのである。

(面識のある人間がいたら、と思ったんだが……)

歯がゆさを感じながら、エーリクとともに控えの間へと移動する。

リュシアンが姿を現すと、一瞬だけ控えの間の空気が揺らいだ気がしたが、やはり男女の区別がつく程度で顔の判断はできなかった。

「先生、ここは？」

エーリクに尋ねると、

「アレクサンドラ・ルームズだよ」

とあっさり教えてくれた。

「へぇ……ここが世界中の富が集まる社交場ですか」

リンデには大陸各地から貴族や富裕層が集まる。このアレクサンドラ・ルームズは、そのような人たちの受け皿として十年ほど前に新たに建設された、大変豪奢な社交場なのだ。

(何百人もの人を収容できる舞踏会場や、コンサート会場が入っているはずだ)

噂だけは耳にしていたが、こんな形で足を踏み入れるとは思わなかった。

この時期は三日に一度舞踏会が行われているというのは本当らしく、耳を澄ますと夜の静寂の隙間を縫って生演奏の音色が聞こえる。

控え室でほんの少し待たされた後、今度は長い廊下を歩いてまた別室へと移動する。

「さぁ、リュシアン」

エーリクが一枚の重厚なドアの前に立ち、ドアノブに手をかける。

本来ならドアを開ける役目の人間がいるはずだが、そこはなぜか離れの小さな小部屋で、警備の人間すら立っていない、まるで秘密の小部屋のようだ。

「眼鏡をかけなさい」

「ようやく種明かしをしてくださるんですか?」

「ああ、そうだよ。本当に、今まで待たせて悪かったね」

エーリクは苦笑しつつ、ドアノブを開け放つ。

(ええい、ままよ!)

眼鏡をかけ部屋に足を踏み入れたリュシアンは、中をぐるりと見回した。ようやく視界がはっきりしたが、部屋の照明はぎりぎりまで落とされているようだ。

それほど広くない八角形の不思議な形をした部屋は、おそらくカードルームだろう。

部屋の真ん中には六人が囲めそうなテーブルがひとつ、取り囲むようにひとりがけのソファーがいくつか並んでおり、そのうちのふたつが埋まっていた。

ひとりはおそらく六十代後半の、雪のように真っ白な髪をした全体的に色素が薄い老人、もうひとりは二十代半ばくらいの金髪の青年だ。

ふたりはそろってリュシアンと同じように黒の燕尾服《えんびふく》を身にまとっている。

富裕層なのは間違いないが見覚えはない。

エーリクはなぜこのふたりを、リュシアンに引き合わせようと思ったのだろうか。

(僕にカードの相手をしろとでも?)

世界を旅してまわっていた時は、ランベールのやっかいごとを引き寄せる体質のせいで、何度か素寒貧地獄に陥ることがあったが、そのたびにリュシアンがカード等で取り戻していた。

だが目の前にいるふたりは、賭博の熱に浮かされたような顔はしていない。

リュシアンを見て、どこか懐かしんでいるような、と同時に、リュシアンがこれまで背負ってきた歴史を見つめているような、不思議な目をしている。

(誰だ……?)

なにか予感めいたものを感じて、リュシアンの心臓がドキドキと跳ね始める。

「初めまして。リュシアン・ファルケ・ガルシアです。失礼ですがあなた方は……?」

すると金髪にすみれ色の瞳をした美しい青年が、感極まったような表情で椅子から立ち上がり、そのまま勢いよくリュシアンに駆け寄り飛びついてきた。

「お会いできるなんて思いませんでした、兄上!」

「――――は?」

リュシアンには兄がいる。だが弟がいるなど聞いたことがない。

ぎゅうぎゅう抱きしめられながらも、戸惑い言葉を失っているリュシアンの背中に、エーリクの手がそうっと添えられた。

「紹介しよう。リンデ大公とご子息のアルフォンス公子だ。君の父上と弟君にあたる」

エーリクの言葉に、座ったままのリンデ大公――マクシミリアンが滂沱《ぼうだ》の涙を流し始める。

「まさか……まさかこんなことがあるなんて……神よ、感謝します……」

「は……？　は？」

リュシアンは自分をぎゅうぎゅうと抱きしめて離さない自称弟と、目の前で号泣する老人を見ながら、指一本動かせなくなっていた。

◇◇◇

久しぶりのクラシカルなメイド服に身を包んだビアンカは、

「ビアンカと申します。よろしくお願いいたします」

と、深々と頭を下げる。

「マクレア夫人の紹介状を持っているんだ。問題はないだろうが、うちは世界中の富裕層が集まる大人の社交場だ。心して励むように」

「はい、承知いたしております」

支配人の言葉に深くうなずきながら、ビアンカはにっこりと微笑んだ。

リンデ公国が誇る社交場アレクサンドラ・ルームズ。

広大な敷地の中には、舞踏会場、カジノ、劇場、ティールーム、コンサート会場、競馬場、ありとあらゆる娯楽のための施設が併設されており、日によっては千人以上もの人が訪れるのだとか。働く人間は常に募集中らしく、リンデ貴族の紹介状を持ったビアンカは難なく採用された。

(よ〜し、頑張るぞ！)

ビアンカは渡されたバケツとモップ、箒《ほうき》を持って指示された舞踏会ホールへと向かう。

(ここで働いていれば、リュシアン様の行方がわかるかもしれない……！)

そう、ビアンカはマクレア夫人を頼り、このアレクサンドラ・ルームズのメイドの仕事を紹介してもらったのだ。

大学にリュシアンがいないとわかった日、ビアンカはマクレア夫人あてに手紙を書いた。

手紙を読んだ彼女は、翌日すぐにホテルにやってきてくれた。

そこでビアンカは自らの身分を明かしたのである。

『私の名はビアンカ・シエルラ・ガルシアと申します。夫はリュシアン・ファルケ・ガルシア。リンデ公国からの招きで大学で講義をしていた、ネルキアの宰相です。約束のひと月を過ぎようとしたところで『滞在を延長する』という手紙が来て、会いに来たら夫は行方知れずになってしまいました』

「――」

ビアンカの剣呑《けんのん》な告白を聞いても、マクレア夫人はお茶を飲みながらゆったりしていた。手ごたえのなさを不安に感じながらも、ビアンカは目に力を込めて言葉を続ける。

『――ネルキアの宰相が正式に招待されたリンデで行方知れずになったと知られれば、二国間で外交問題に発展する恐れがあります。ですが私は大事《おおごと》にはしたくない。夫ならそう望むはずだからです。ですから……あなたもリンデの貴族であるなら、双方の国の未来のために、私に協力してはいただけないでしょうか』

マクレア夫人は一瞬だけ眉をひそめ、それから小さくため息をついた。

『……なんだか、大変なことが起こっているようね』

話すつもりがないのか、なにも知らないのかは判断が付かない。

仮にマクレア夫人が、行方不明に心当たりがあったとしても、リンデ公国の立場が悪くなるならば、助力は得られないかもしれない。

だが一方で、彼女は元外交官の妻で世界中を夫の供で旅をした女性だ。夫の遺品を、遺言があるとはいえ自らの手で世界中に運んでいる気丈な人でもある。

だからもしかしたら、少しくらいはビアンカに同情し、なにかしらのヒントくらいはくれるのではないかと期待したのだった。

彼女はたっぷりの紅茶とレモンパイをおいしそうに食べた後、

『夫が大好きだと言ったレモンパイを、わざわざ出してくださったお礼くらいはしないとね』

と目を細める。

『え……？』

『私は二か月ほどリンデを離れていたから、あなたの夫のことは本当になにも知らないのだけれど……この国で情報を得たいのなら、行くべき場所があります』

マクレア夫人はカップをテーブルの上において、ビアンカに耳打ちしてくれた。

それが──アレクサンドラ・ルームズ。貴族や富裕層のための社交場だったのだ。

「よしっ」

ビアンカはせっせと箒で塵を集めた後、バケツに水を汲《く》んでモップをかけ始める。

結婚後ビアンカはリュシアンの妻として女主人としての采配を振るってきたわけだが、こうやって体を動かしていると、全身に力がみなぎってくるのが自分でもわかる。労働は身分の低い者の仕事と言われて久しいが、ビアンカはこういった下働きの仕事が嫌いではない。

(リュシアン様とネルキアに戻ったら、屋敷の中にこもっているだけでなくて、なにか仕事をさせてほしいって頼もうかしら)

これもヴァイオレット急行の中でマクレア夫人に聞いたのだが、世間では『職業婦人』と呼ばれ、仕事を持つ女性も増えているのだとか。ビアンカがネルキア最初の職業婦人になりたいと言ったら、リュシアンはなんと言うだろう。呆れながらも『いいんじゃないんですか?』と、眼鏡を押し上げながら、笑って受け入れてくれるのではないか。

「リュシアン様……」

彼のことを思い出すと胸がぎゅうっと締め付けられて、苦しくなるが、落ち込んでいる暇などない。今ビアンカはリンデにいる。ネルキアでなにもわからず待っているより百倍マシだ。

(絶対に、リュシアン様を探し出してみせる……!)

それからビアンカは精力的に働いた。マクレア夫人からの紹介状があったとはいえ、ビアンカはリンデ公国の国民ではないので、アレクサンドラ・ルームズの奥深くに入ることは許されない。なので手っ取り早く人の三倍、五倍働くことにした。

ランベールには『リュシアン様を探します』と手紙を送ったが、のんびり返事を待っている暇はないので、早々にホテルを出て従業員用の寮で暮らし始めた。

そもそもネルキアの王城で三年務めていた侍女である。多少文化が違うとはいえ、ビアンカの立ち居振る舞いや、かゆいところに手が届くサポートはたちまち支配人の目に留まり、十日もすればアレクサンドラ・ルームズのほぼ全域に入れるようになった。

「ビアンカ、三角形の間にサンドイッチを運んでくれ!」

今日もわいわいと騒がしい厨房《ちゅうぼう》で、勇ましい男たちの声が響く。

「三角形の間はオックス男爵ね。あの方はコーヒーに生クリームをたっぷり入れるのがお好みだから、コーヒーと一緒に出してもいいんじゃないかしら？」

「あっ、そうだった！　先週何度も言われたんだったな。ありがとうな、ビアンカ！」

「どういたしまして。あなたのサンドイッチはとってもおいしいから、すぐにお代わりの注文が入ると思うわ」

軽口を叩きあいながら、ビアンカはサンドイッチやコーヒーが乗ったワゴンを押して、目的の部屋へと向かう。三角形の間の貴族たちはカードゲームに興じながら、楽しげにおしゃべりを繰り広げていた。

「そういえば、来週あたり公子がお戻りになるらしいぞ」

「大公殿下のお見舞いかね」

「いよいよご即位の準備か……」

あけすけにそんなことを語りながら、ビアンカが淹れるコーヒーを飲み、サンドイッチをつまんでいたが、男爵がコーヒーと一緒に置かれた生クリームを見てぱっと笑顔になった。

「きみ、私の好みを覚えていてくれたのか！　客は一日に何百人も来るだろうに。さすがアレクサンドラ・ルームズだな。小間使いのレベルも高い」

「男爵のお言葉、支配人も喜びます」

その後、男爵からはチップを渡されさりげなくデートに誘われたが、仕事があると丁寧に辞退し部屋を出る。チップは教会に寄付しようと思いつつ、周囲をゆっくり見回しながら、反対側の廊下の奥を見つめた。

（あと、私が入れないのはあの八角形の間だけね……！）

八角形の間は、聞いたところによると普段はほぼ鍵がかけられているらしい。

本当に特別な時だけ、開けられるのだとか。

「でも……リュシアン様の行き先は、誰も知らないみたい……」

ビアンカは柱にもたれて、はぁ……とため息をつく。

それから図書室で本の整理をしていると、支配人が気忙《きぜわ》しげに走っているのが目に入った。

「支配人、どうしたんですか？」

なんとなく気になって声をかけると、彼は「あ〜……」と苦笑して、立ち止まった。

「実は『八角形の部屋』の使用連絡が来てね」

ビアンカの心臓が跳ね上がる。思わず支配人に詰め寄っていた。

「だったら、私を部屋つきにしていただけませんかっ！」

だが彼は軽く肩をすくめて、

「八角形の部屋はメイドをつけないんだ。だから必要ないよ」

と言い、また足早に走り去っていった。

「……メイドをつけない？」

人を一切寄せ付けない徹底ぶりからして、この国でもかなり重要な身分の人間が出入りすることが想像できる。

（三角形の間で侯爵までは給仕をしたことがある。それ以上となると、公爵……？）

いや、つい先ほどオックス男爵たちは『来週あたり公子が戻られる』と話していた。

わざわざ宮殿ではなくアレクサンドラ・ルームズを使うということは、『非公式』でなにかをする予定があるということだ。

かつてビアンカがリュシアンの侍女として働いていた時でも、リュシアンは王城への来客は断っても、自ら相手の屋敷に出向くことがあった。なぜそんなことをするのかと尋ねたとき、リュシアンは『王城は、どうしても記録に残りますからね』と言っていたはずだ。

場所を変えるというのは、記録に残したくない会合がある、そういうことなのだろう。

（もちろん、純粋にお友達とカードで遊ばれるだけかもしれないけど……）

だが公使は大公の見舞いに帰ってくるのだ。のんきにカードゲームに興ずるとは考えにくい。

なにかしらの密談が行われる可能性が高い。

（調べる価値はあるはずだわ……！）

ビアンカはきりっと唇をかみしめて、その日を待つことにした。

それからしばらくしたある日の朝、ミーティングで「今日の夜は『八角形の間』に近づかないように」という連絡を受けて、ビアンカは人知れず背筋を伸ばした。

（とうとうその日が来たわね……！）

ビアンカの目的は『八角形の間』である。近づける機会を待つしかない。

そうやって一日が終わるころ、同僚が親しげにビアンカに声をかけてきた。

「ねぇ、ビアンカ。よかったらこの後、みんなでレストランに行かない？　ビアンカと食事に行きたいって男性がいるんだけど」

「ありがとう。でも今日は予定があるの」

リンデは多くの出稼ぎで溢れているが、相手のプライベートには深くかかわらない空気がある。彼女もそれを理解したのだろう。

「わかったわ。じゃあまたね」

あっさり手を振って同僚と別れたビアンカは、メイド服の上にコートを羽織り『八角形の間』へと向かった。

何時になるかわからないが、とりあえず出入り口を見張っていれば見逃すことはないはずだ。

周囲を見回し人目がないことを確認すると、ビアンカは茂みの中に身を潜め、膝を抱えて座り込んだ。

（新聞記事をチェックしたから、アルフォンス公子の顔はわかるわ……）

上流階級向けの高級紙からゴシップや大衆向けの話題が多い大衆紙まで、リンデでは毎日多くの新聞や雑誌が発行されている。出勤前に手に入れた大衆紙には、つい先日帰国したばかりのアルフォンス公子の写真が数多く掲載されていた。

公子は結婚の遅かった大公が、四十歳を過ぎてから授かった待望の長男らしく、見目麗しく温厚な性格でリンデ国民から愛されているらしい。現在は帝国に留学し、帝王学や経営学を学んでいるのだとか。

（まぁ、確かにキラキラした王子様って感じだったわね。リュシアン様のほうが素敵だけれど）

意味もなく脳内で張り合ったビアンカは、ふふっと笑ってじっと時が過ぎるのを待つ。

耳を澄ますと遠くから音楽が聞こえてくる。舞踏会が開催されているか、コンサートが開かれているかのどちらかだろう。

（リュシアン様と、ダンスをしてみたいな……）

王城で開かれるその手の催しには一切顔を出さない人だったので、今後もないかもしれないが、ビアンカも心は乙女なので夫とダンスをしてみたいという気持ちがある。

そう、リュシアンとたくさんやりたいことはある。

ダンスだって踊りたいし、長い冬を終えたあとの春には、一緒にピクニックだってしたい。

このままさよならなんて絶対に嫌だった。でも同時に、このまま一生リュシアンと会えなかったらどうしようと、恐ろしい気持ちになる。

リュシアンは誰にもなにも告げず行方知れずになったのだ。そしてそのことにリンデ公国が絡んでいるかどうかもわからない。大事にはできないと頭ではわかっているが、いざとなったらその公子に身分を打ち明けてでも、協力を仰いだほうがいいのかもしれない。

（公子なら私の話を聞いて、リュシアン様を探してくれるかも……）

宰相があなたの国で行方不明になったと打ち明けるのは、外交的に、公人としてリスキーな行為だとわかっているが、こうしている間にもリュシアンが人知れずどこかで、ひどい目にあっているかもしれない。そう思うといてもたってもいられなくなる。

（もう私が罰を受けたっていいわ。それでリュシアン様のゆくえがわかるのなら……！）

ビアンカは寒空の下、茂みの中で奥歯をかみしめつつ『八角形の間』を見据えたのだった。

――それからどれほど経っただろうか。

温暖なリンデ公国とはいえ季節は冬である。さすがに体が芯から冷えて、指先が凍えるほど冷たい。連日休みなく働いているのもあって、次第に頭がぼうっとしてきた。

（あぁ、眠い……）

こっくりし始めたビアンカは、寝ちゃダメだと思いつつ、気が付けばそのまま膝の上に頭をうずめていた――。

唐突に、ガチャリ、とドアが開く音がした。

「……ッ！」

ビアンカははっと我を取り戻し顔を上げる。

（うとうとしてた……目が覚めてよかった！）

『八角形の間』は離れにあり、本館とは長い渡り廊下で繋がっている。廊下は煌々とランプの明かりに照らされているが、一歩外に踏み出せばあたりは漆黒の闇に包まれている。自分の姿が向こうから見とがめられることはないだろう。

ビアンカは目をこすりつつ、音をたてないように腰を浮かせる。ドアが開き、まず最初に出てきたのは五十代後半くらいの知的な男性だった。

「――では、お披露目《ひろめ》は、上位貴族を集めた舞踏会にしましょうか」

どこかウキウキした様子で彼はドアノブを抑えたまま、振り返る。

「そうですね。父上も早い方がいいでしょう？」

車椅子を押しながら姿を現したのは、金髪の非常に美しい青年だ。その顔を見てハッとする。

（あ、あれは……アルフォンス公子……！）

新聞で彼の写真を見た。あれほどの美貌を見間違えるはずがない。ということは、彼が押している車椅子に乗っている老人が、リンデ大公ということになる。

「ああ、そうだな」

大公は息子を笑顔で見上げながら、満足そうな微笑みを浮かべていた。

(……優しそうな方ね)

新聞に載っているリンデ大公は若い頃の写真だったらしい。アルフォンス公子とは上品で優美な雰囲気がよく似ている。

『八角形の間』の客は、予想通り帰国したばかりの公子と大公だったようだ。

(でも、親子で話すだけなら、別にここじゃなくてもよかったんじゃ……?)

最初に出てきた男性が、特別な客だったのだろうか。

だが彼らの空気には親しげな身内感があって、人目を盗むような関係には見えない。

(わからないけど……でもこの国でもっとも身分の高い人たちには違いないんだもの。声をかけてみる価値はあるわ……!)

そう、ビアンカが勇気を振り絞って立ち上がろうとした次の瞬間、

「ああ、そうだ。兄上にはまだまだいろいろお聞きしたいことがあるんだ。今晩は僕の部屋でゆっくり話をしましょうね」

アルフォンスが弾んだ声で肩越しに振り返る。

(兄上……?)

アルフォンスはリンデ公国唯一の男子で、兄はいないはずだ。

「どういうこと……?」

ビアンカが目をぱちくりさせた次の瞬間、月の光のような銀がその場できらめいた。

「っ……！」

危うく悲鳴をあげるところだった。ビアンカは両手で口元を抑える。

そう最後に部屋から出てきたのは、正装に身を包んだリュシアンだったのだ。装いがいつもと違うが、間違いなくビアンカの夫のリュシアン、その人に間違いない。

「アルフォンス殿下」

リュシアンは苦虫をかみつぶしたような顔で、うつむき目を伏せる。

「やだなぁ、兄上。そのような他人行儀はやめてください。僕たちは兄弟なんですから」

公子は明るい表情でそう言うと、最初に出た男性に目配せして車椅子のハンドルを渡した。

「先に行ってもらえますか」

「ああ、そうしよう。リュシアン、アルフォンス。宮殿でお前たちの帰りを待っているよ」

大公はそう言って、その場から静かに姿を消してしまった。

残された公子とリュシアンは向かい合ったまま、その場に立ち尽くす。

やがてリュシアンは思い切ったように顔を上げると、左手にはめた指輪を見せつけるように手を上げた。

「殿下。確かにこの指輪は、母が大公から恋人の証として頂戴したのかもしれません。だが高級娼婦だった彼女には、ほかにパトロンがいた。目の色と指輪くらいで、僕の父親が大公であ

ると決めつけるのは尚早です」

その声は間違いなく、ビアンカの夫であるリュシアンのものだった。夫の声を懐かしむと同時に、ビアンカは頭のてっぺんを金づちで殴られたような衝撃を受ける。

（えっ、リュシアン様の父親が、大公殿下……!?）

あまりの衝撃に、ビアンカは足元を縫い付けられたように動けなくなった。

ただ、銀と金の兄弟のふたりの間に流れる、緊張した空気を見つめることしかできない。

「あぁ、兄上……」

ややして、アルフォンスは両手を伸ばし、リュシアンの頬を包み穏やかに微笑む。

「この瞳、子供のころは青かったと言われましたね。我々リンデ直系の血を引く男たちの瞳は、ロイヤル・ヴァイオレット同様、年齢を重ねて徐々に色が変わっていくのです。この赤みがかった青はほかにはない。成人してすみれ色の瞳になったと言うのは、間違いなくリンデの血を引いている証拠なんですよ」

駄々っ子を諭すような優しい声で。アルフォンスはリュシアンと同じすみれ色の瞳を優しく細める。

「いや……きれいごとはやめましょうか。ネルキアの宰相であるあなたには、血の繋がりよりも実利で示すべきですね」

「実利？」

「あなたはリンデの大公の息子であることを喜んでいない。むしろ面倒なことになったと思っているでしょう」

その瞬間、リュシアンは飾ることをやめたのだろう。

アルフォンスの手を払うと、

「――まぁ、そうですね」

眼鏡を中指で押し上げながら、はっきりとうなずいた。

「生まれてこの方、自分ではどうしようもないことに振り回され続けた人生なので、正直またかと思いましたよ」

そしてリュシアンは唇の端を薄く持ち上げて、腰に手をあてる。

「アルフォンス公子、あなたが成人男性だったから僕の首の皮はかろうじて繋がりましたが、仮に子供だったらどんなことになっていたか。もしくは僕がここの学生時代に、今と同じ状況になっていたら？　想像するだけで恐ろしい」

恐ろしいと言いながら、彼のすみれ色の瞳は怒りに燃えていた。

（リュシアン様……）

庶子とはいえ最初に生まれたのはリュシアンだ。しかも幼い頃から神童と呼ばれるような天才で、その上努力の人だ。確かにこの事実が判明するのがもっと前だったら、リュシアンの存在は後継者争いの火種になったに違いない。

だがアルフォンスはリュシアンの発言を聞いて、美しい柳眉をひそめる。

「優秀な兄上を暗殺だなんて、とんでもない」

「そうですか。人より優秀で助かりましたよ。命を助けてくれてありがとうのキスでもしましょうか？」

皮肉たっぷりのリュシアンの言葉に、アルフォンスは苦笑しつつ肩をすくめた。

「あぁ、兄上……そんなに怒らないで。僕の傲慢な振る舞いをお許しください」

そして彼は胸に手をあてて、優雅に頭を下げた。

（——似てる）

そう、こんな状況で気が付くのもなんだが、アルフォンスとリュシアンはとてもよく似ていた。頭がよく美しく、若干の皮肉屋で、背格好もほぼ同じだ。

アルフォンスは軽く首をかしげてすみれ色の瞳を細める。

「兄上。あなたがリンデ大公の血を引くことを受け入れ、なおかつ自らの意思でリンデにとどまるとおっしゃってくださるなら、今後リンデ公国はネルキアを最大の友好国として援助することを、父上は約束するでしょう。次期大公である僕も後押しします」

「っ……！」

その言葉にリュシアンは息を詰める。

「ネルキアはランベール陛下の治世で、国際社会の一員として大きく前進しました。ですがまだ足りない。それがわかっているからこそ、あなたはリンデ公国に来たはずだ」

温和で優美なアルフォンス公子。太陽の子。リンデの国民たちは時期大公をそのように敬愛している。だが彼はやはりそれだけの男ではなかったようだ。彼はリュシアンの目をまっすぐに見つめながら言葉を続ける。

「ネルキアの至宝と呼ばれる兄上なら、ここでどう振る舞うべきかお分かりになるはずでは？」

「……」

無言で唇を引き結ぶリュシアンを見て、アルフォンスはまたにこりと微笑む。

「即位前に兄と再会できるなんて神の思《おぼ》し召《め》しです。今後はネルキアではなく、血の繋がった弟である僕の治世を支えてほしいと、心から思っています」

そして彼は自分よりほんの少しだけ目線が下にある兄の頬に、優しくキスをする。

「――」

弟のキスに、リュシアンは何度か唇を開けたり閉じたりしたが、結局なにも言わなかった。

「さ、行きましょう。父上がソワソワして待っていますよ」

アルフォンスはそのままリュシアンの肩を抱いて、強引に歩き始める。

そうしてあっという間にふたりの姿は見えなくなった。

「はぁっ……」

ビアンカの唇から白い息が漏れる。凍えるほど寒い夜なのに、ビアンカは全身にしっとりと汗をかいていた。

(出て、いけなかった……)

ビアンカは震えながら自分の体を抱きしめる。

目の前にリュシアンがいるのに、飛び出せなかった。理由は簡単だ。そんなことをすれば、自分が人質になる恐れがあったからだ。

リュシアンが多少なりとも強気に振る舞えるのは、自分を担保にしているからである。

ネルキアの宰相であり、大公の血を引いている『使える男』であるからこそ、自分を駆け引きの材料にできる。だがビアンカがあの場に姿を現せば、アルフォンス公子はビアンカを捕らえてリュシアンを脅迫したのではないか。

たった数分のふたりのやり取りを見れば、それは明白だった。

(国民に愛されているから話せば何とかなるかもしれないなんて、愚かな考えだったわ……。私のばかっ……!)

手を伸ばせるほど近くに愛する夫がいたのに、なにもできなかった。

ビアンカはぎゅうっと唇を引き結び、無力感にかられたまま膝を抱えたのだった。

七章　やっぱり僕は悪くない

その日の夜、ビアンカはどうやって部屋に戻ったのか覚えていなかった。気が付けばベッドの中にいて、当たり前のように朝を迎え、アレクサンドラ・ルームズでこまねずみのように働いた。体を動かしていればなにも考えずに済む、体に染みついている習慣に感謝するしかない。

(まさかリュシアン様が、リンデ大公の庶子だったなんて……)

この目で耳で、確かに見聞きしたはずなのに、なんだか夢を見ているようだった。

リュシアンの珍しいすみれ色の瞳は『ロイヤル・ヴァイオレット』といい、リンデ大公の血筋を表すものであり、指輪はリンデ大公がかつての恋人に贈ったものだという。

彼が帰れなくなったのは、おそらくそれが判明したからだろう。

大公もその息子である嫡子のアルフォンス公子も、リュシアンを国に受け入れるつもりらしい。しかもリュシアンがとどまれば、リンデはネルキアに最大限の援助をすると言っていた。

彼がリンデに残りさえすれば、すべてがうまくいくのである。ネルキアの宰相であるリュシアンなら、どうするべきかなんて一目瞭然なのかもしれない。

「――カ。ビアンカ……」

「っ……！」

肩を揺さぶられてハッとした。顔をあげるとすぐ隣にマクレア夫人が座っていて、硬直しているビアンカの肩を強く抱いている。

「あ……マクレア夫人……」

そうだった。ビアンカはマクレア夫人の邸宅に招かれていた。

「大丈夫？　お顔が真っ青よ」

「は、はい……すみません。私ったら、せっかくお時間を作っていただいたのに……」

そう、あれから数日経って、マクレア夫人からお茶に招待してもらったのだ。

そこでビアンカは、アレクサンドラ・ルームで見聞きしたものを彼女に洗いざらいぶちまけたのである。だが話している途中で、ショックのあまり思考が停止してしまったらしい。

（やだな、しっかりしなきゃ！）

ビアンカはニコッと笑って、口を開く。

「リュシアン様は、本当にお役目を大事にされている人です。ご自分の出自を恨まず、ただネルキアをよくするためだけに邁進されて……だから私は、リュシアン様が決められたことなら、全部受け入れようと思っています」

そう、受け入れる。リュシアンが選んだことならビアンカは口を出せないし、出す権利なんかないのだ。そうはっきり言い切った瞬間、ビアンカの緑の瞳からぽろりと涙がこぼれた。

「あ、あれ……」

頬を伝う熱い涙がなんなのかわからなくて、ビアンカは茫然としながら目をぱちくりさせる。

「ビアンカ……無理をしているのね」

それを見たマクレア夫人が、レースのハンカチを取り出してそうっとビアンカの涙をぬぐってくれた。

「ここにはわたくし以外誰もいなくてよ。だからいいのよ、素直になって。彼のためだとすべてを諦めて、いい子でいようとするのはおやめなさい」

「っ……」

マクレア夫人のあたたかい言葉に、また鼻の奥がツンと痛くなった。

「あっ……いや、ですっ……リュシアンさまに、いなくなってほしくないっ……リンデの公子になんか、なってほし、く、ない～っ……！　あっ……う、うっ、あっ……ああ～っ……！」

両手で顔を覆い泣き崩れるビアンカを見て、マクレア夫人はそうっと背中を抱きしめる。

「ええ、そうね……あなたは妻だもの。たったひとりで夫を探しに来て、そしてこんな目にあうなんて……国だのなんだのに振り回されて、大事なものが奪われていいはずがないわ」

彼女は子供のように泣きじゃくるビアンカを慰めるように抱きしめると、ヒックヒックと嗚《お》咽《えつ》するビアンカの顔をまっすぐに覗き込む。

「ねぇビアンカ、チャンスがあると言ったらあなたはどうする？」

「……え……？」

かすれた声で首をかしげると、マクレア夫人はにっこりと微笑んだ。

「あなたの夫に、会えるかもしれないわ」


リンデ大公の宮殿は、日が落ちる前からあちこちでかがり火がたかれ、幻想的な雰囲気に包まれていた。今日、宮殿に呼ばれたのはリンデの上位貴族、約百人である。

ビアンカが身にまとったシルクタフタとコットンジャージー、それにオーガンジーを組み合わせたドレスは、そのデザインの斬新さで周囲の目を引いた。

首周りはすっきりとしたオフショルダーでありながら、ウエストを絞らず胸の下から伸びるオーガンジーはプリーツ加工されており、ドレスの裾に重なり、ふんわりと木蓮《もくれん》の花のように広がっている。細くて長い首には、クリスタルのロングネックレスが幾重にもかけられシャンデリアの光を反射してキラキラと輝いていた。

「見て、マクレア夫人のお連れの方。扇で顔を隠されているけれど、どちらの姫君かしら」

「あんなシルエット見たことがないわ。きっと西国の流行よ。さすがマクレア夫人ね」

貴婦人たちは羨望の眼差しでビアンカを見て、ひそひそと囁いていた。

（すっごく注目されてる〜〜……！）

ビアンカはレースの扇で顔を半分隠しつつ、隣で満足げに微笑んでいるマクレア夫人にそうっと顔を近づける。

「大変です、すごく、目立っているみたいなんですが……」

「そこに見たことのない花が咲いていれば、注目されるのは当然でなくて？」

彼女はホホホと笑いながらまったく気にしていないようだった。

（強すぎる……）

どうやら彼女はこの国ではファッションリーダーでもあるらしい。

あまり目立ちたくないのにと思いつつ、ビアンカは周囲を見回す。

リンデ大公の宮殿は、贅を尽くしながらもシックで優雅なたたずまいだった。正門から入るとすぐ目の前に見事な大階段があり、そのまま長い廊下を歩いていくつもの部屋を通り過ぎた後、ようやく舞踏室へと通された。

奥には床より高い位置に天蓋付きの玉座がしつらえてあり、天井から吊《つ》り下《さ》げられた六つのシャンデリアの光を反射して、大理石の床がキラキラと輝いていた。壁には神々の絵が飾られて、生演奏の楽団がゆったりとした音楽を奏でているせいで、ビアンカには異次元のように感じられる。

（質実剛健なネルキアとは全く違うわね……）

前王の残した赤字財政を立て直すためには、ありとあらゆる贅沢を引き締めるしかなかった。

仕方のないことなのだが、文化レベルの差をひしひしと感じてしまう。

(私ですらそう思うんだもの。リュシアン様は、もっと焦る気持ちになったんじゃないかしら)

リュシアンは強引なリンデのやり方に腹を立てていたが、条件をのめばネルキアへの支援、そしてリンデ公の息子という、非の打ちようがない身分が手に入るのである。

「それにしても今日、急なお召しだったわね。なにかあるのかしら?」

「大公がお姿を見せられるのも数か月ぶりだからな」

「呼ばれたのも上位貴族のみだろう。アルフォンス公子のご即位の件じゃないか?」

貴族たちはひそひそと囁きあいながら、どこか浮ついた空気もにじませていた。

(リュシアン様……)

今日がリュシアンに会える最後の日かもしれない。そう思うと泣きたくなるくらい辛いし胸が締め付けられるが、悪目立ちするわけにはいかない。

相変わらず扇子で顔を覆いつつ、マクレア夫人と部屋の隅で大公たちの登場を待った。

それからしばらくして先ぶれの衛兵が姿を現す。音楽が鳴り響き、拍手とともに車椅子に乗った大公が姿を現した。車椅子の左右には少女がふたり並んでいる。おそらく公女だろう。

それから一斉に給仕たちが姿を現し、シャンパンが入ったグラスを配り始める。

ほぼ全員に配り終わったところで、玉座の前の大公がグラスを持ち上げた。

「みな、今日はありがとう。すばらしい夜に」

「素晴らしい夜に！」

「大公殿下に乾杯！」

おのおのがグラスを軽く持ち上げ、笑顔になったところで、広間に控えていた楽団がワルツを奏で始める。

（リュシアン様は、まだお姿を見せないみたい……）

それにアルフォンスの姿もない。紹介は宴もたけなわになってからだろうか。

「マクレア夫人、公子の姿がないですね」

そうっと扇で口元を隠しつつ尋ねると、彼女も小さくうなずいた。

「そうね、もしかしたらあなたの夫と一緒に出てこられるのかもしれないわね。公子のことだから、『兄と感動の再会』の演出をなさるのではないかしら。あの方、天使みたいな顔をして結構腹黒いから」

「ちょっ……夫人っ……」

さすがに公子に向かって『腹黒い』はないのではないだろうか。しかもここは玉座の間だ。

「でも、あなたもそう思ったでしょう？」

慌てるビアンカに向かって、彼女はいたずらっ子のように笑う。

「それは、まぁ……リュシアン様と似てるなって」

素直にうなずくと、マクレア夫人はクスクスと笑いながら、ビアンカの背中を撫でた。

「大丈夫よ。今日上位貴族が集められたのは、あなたの夫のお披露目に決まってるわ。絶対に会える。安心しなさい」

「――はい」

確かに彼女の言うとおりだ。今はその機会を待つしかない。

それからしばらくの間、目立たないように壁際に立ちあたりを見ていると、

「ねぇ、ちょっといいかな」

といきなり男性から声をかけられた。

まさか自分が話しかけられると思っていなかったビアンカは、扇をずらしつつ無言で男の顔を見つめる。

もしかしたら見慣れない怪しい女だと思われたのだろうか。どこの誰かと追及されたらどうしようと、背筋に汗が伝い落ちる。

「あれっ？　きみって」

「はい……？」

はてどこかで会ったかと思い返したところで、唐突に思い出した。

「あっ！　大学にいた……」

その瞬間、青年はパッと笑顔になった。

「うわあ～！　僕のこと覚えてくれてたんだ。嬉しいよ～！　リュシアン先生の妹さんだよねっ！　あれからまたきみに会いたいって思っていたんだけど、どこに滞在しているかわからなくて！　マクレア夫人がきみの付添人なんだね！　きれいな子がいるなって、ダンスを申し込みに来て、再会できるなんて僕はなんて運がいいんだろう！　これは運命だ、そうに違いない！　ぜひぜひ僕と踊ってくださいっ！」

まったくもって口を挟む暇すらなかった。そして相変わらず勘違いしてひとりで突っ走る男のようだ。

まさか身元の知れない怪しい女である自分に、声がかかると思わなかったビアンカは、無言で戸惑いつつ隣のマクレア夫人を見る。目で『助けてください！』と必死で訴えた。

「シリル、あなたって子は相変わらずね。彼女がびっくりしているからまず名乗りなさいな」

と呆れたように肩をすくめる。彼の名はシリルというらしい。マクレア夫人の対応の雰囲気からして、悪い人間ではなさそうだ。

（やっぱり貴族だったんだ……）

大学ではずいぶん軽い雰囲気で話しかけられたので、そのギャップに驚いてしまった。

「ああ、そうだった！」

青年――シリルは仰々しく胸に手を当てて、優雅に宣言する。

「私はウォルト侯爵の息子で、名をシリル・ヴァン・ウォルトと申します。長男で年は二十二歳、現在リンデ大学の経営学部に通う学生で、大学卒業後は父のサラマ領を継いで伯爵に叙せられる予定です。そこそこに将来は有望です」

「は、はぁ……」

ペラペラペラペラと、彼は怒涛の勢いで挨拶を始める。ビアンカが男性パートナーを連れていないから、未婚女性だと思ったのだろう。社交界デビューをしていない自分が言うのもなんだが、ダンスに誘うマナーはこれで正しいのだろうか。それともこれがリンデ風なのか。

もちろん彼と踊るつもりは微塵もないのだが、口を挟む間もなく彼の自己紹介はさらに続く。

（どうしよう……黙って聞いているだけでいいのかしら）

ビアンカは、はぁ、はぁ、と適当な相槌《あいづち》をうちつつ話を聞いていたのだが――。

「シリル・ヴァン・ウォルトッ！」

突如、音楽をかき消すレベルの大きな声が、周囲に響き渡った。

「っ……!?」

ぼやっとシリルの話を流し聞きしていたビアンカは、落雷に似た大声に驚いて体を震わせる。シリルも同じだ。大人に叱られた子供のように、キョドキョドしながらあたりを見回している。

（でも、今の声……）

聞き覚えのある声に、まさかと思いながら振り返ると、正装にもかかわらず、なぜか髪がぼさぼさで全身が葉っぱだらけの長身の男が、大股でずかずかと近づいてくるではないか。

「あっ……」

「えっ⁉」

息をのむビアンカと、驚くシリルの声が見事にハモッた。

「リュシアン様！」

「リュシアン先生っ⁉」

茫然としているビアンカをよそに、シャンデリアの光に照らされて輝くリュシアンは、ビアンカの隣に立つシリルを指さしながら、叫んだ。

「シリル・ヴァン・ウォルトッ！　きみは相変わらずおっちょこちょいでそそっかしいな！　いいか、その女性をダンスに誘うのは間違っている！　彼女には夫がいるんだ！　そう、僕こそが彼女の夫である、リュシアン・ファルケ・ガルシアだ！　ダンスの権利はまず僕にある！」

リュシアンの宣言が玉座の間に響き渡った。

「だから気安くダンスに誘うな！　いや、不思議そうに妻の顔を覗き込むな、まず離れろ、こらシリル、聞こえないのか、近づくのをやめろと言っている！」

美しい銀髪を乱し、すみれ色の瞳を爛々と輝かせ鬼気迫るその姿は、間違いなくリュシアンで——。

「リュシアン様っ！」

茫然自失《ぼうぜんじしつ》だったビアンカは、そのままリュシアンに向かって駆け出していた。

その瞬間、リュシアンははっと我を取り戻したように背筋を伸ばし、

「ビアンカ！」

ボロボロのリュシアンもまた、人の間を縫いながらビアンカめがけて走ってきた。

「あぁ、リュシアン、リュシアン様っ！」

両腕を伸ばし、広げ、そのまま体当たりして、お互いの体を確かめるように、強く抱きしめる。勢い余ってものすごい勢いでぶつかったが、その痛みも今はビアンカの涙腺を緩めるだけだった。

「ビアンカ、叫んでおいてなんですが、なぜきみがここにいるんです？　幻覚ですか⁉　いや、違う、確かにここにいる、僕がきみの匂いを忘れるはずがないんだ！　だからここにいるのは、本物のビアンカで……ああ、嘘みたいだ……！」

「リュシアン様……」

そしてまた、感極まったように、ビアンカの体をぎゅうぎゅうと抱きしめる。リュシアンの匂いも、ビアンカがよく知る香りだった。

「どうやってここに？　まさかランベールも？」

腕に力を籠《こ》めつつ、リュシアンが周囲に聞こえぬよう耳元でささやく。

「いっ、いいえっ、いいえっ……」

ビアンカはぷるぷると首を振ってなんとか言葉をひねり出す。

「陛下にご助力いただきましたが、ひとりで来ましたっ……」

「は？」

「でも、大学にリュシアン様がいないことがわかって、どうしようって思ってっ、ヴァイオレットエクスプレスの中でお友達になった、リンデ貴族のマクレア夫人に事情を話して、アレクサンドラ・ルームズに繋いでいただいて、メイドとして住み込みで働きながら情報収集してっ……。『八角形の間』が使われるって聞いて、…それで、リュシアン様のお話を聞いてっ……！」

我ながら支離滅裂で、きっと意味は通じないと思ったのだが、

「――三日前、あの場にいたんですか」

さすがリュシアンは、すぐにビアンカの言いたいことが分かったらしい。

「ドアの近くの茂みの中に隠れてました……」

その瞬間、リュシアンの体がびくっと揺れる。だが腕の力はさらに強くなる。

「あぁ、ビアンカ……きみはいつも、僕の想像をはるかに飛び越えてくる……！」

彼の腕の中にすっぽりと閉じ込められたまま、もう二度と離れてなるものかと彼の背中に腕を回した。

リュシアンはリンデで今後暮らすのか。妻である自分はもうお払い箱なのか。ネルキアには

帰らないのか。もしすべてを捨てたとしても、自分はそばにいていいのか。

まだまだ、聞きたいことはたくさんあったのに、もう全部どうでもよくなった。

彼がまだ自分を妻だと思ってくれている。いや、自分こそがビアンカの夫なのだと言ってくれた。もうほかにほしいものはなにもない。

「リュシアン様っ……」

ビアンカが目に涙を潤ませながら、リュシアンの胸に顔を押し付けていると、

「あ、あ、あに、っ……」

「――ああ、アルフォンス公子、失礼しました」

リュシアンはビアンカを抱きしめる腕を緩めると、肩を抱いたまま周囲を見回す。

ビアンカは目からこぼれる涙をそっとぬぐいながら、リュシアンを見上げ、彼の視線をたどった。アルフォンス公子が、肩でぜえぜえと息をしながら、こちらにやってくる。そしてこちらを見ながらうめき声をあげた。

「まさか、まさかっ、この期に及んで、部屋から、飛び降りて、逃げようと、なさるなどっ……！　信じられないっ……」

アルフォンスに葉っぱはついていないが、全力疾走してきたのか彼の息も上がっている。撫でつけていたであろう金髪は千々に乱れて、額に散っていた。

「ねぇ、あれってネルキアの宰相……？」

「公子と何があったんだろう……」

いつの間にか音楽が止まり、周囲がざわざわし始める。周囲を百人の貴族に囲まれた兄弟は、異様な雰囲気のままにらみ合っていた。

そんな空気の中、まず口を開いたのはリュシアンだった。

「リンデ貴族の皆様、先ほどは失礼いたしました。こうやって皆様のお顔を拝見すると、講義を受けてくれた学生もいるようですが……改めて挨拶をさせてください。私はリュシアン・ファルケ・ガルシア。ネルキアの宰相を務めております」

彼の声は優雅さと威厳とに満ちていて、自然と周囲の視線がリュシアンに集中する。

その眼差しを一心に受けたまま、ゆったりとした笑顔を浮かべ言葉を続ける。

「そしてこの、可憐な美女は私の妻であるビアンカです。最愛の妻にして、私の天使であり、世界であり、すべてです。さきほどの学生に対するふるまいはお許しいただきたい。彼はかわいい教え子ですが、私も新婚ですので、つい悋気《りんき》にかられてしまいました」

冗談めかした口調に『どうやらこれは笑っていい状況らしいぞ』と察し、ホッとした貴族たちが笑い声をあげ、空気が緩む。

「ええ、どうぞみっともない男だと笑ってやってください。私は妻にぞっこんなのです」

そしてリュシアンは開いた方の手の平で、ゆっくりと――こめかみから反対側の後頭部に髪を撫でつけた。

まばたきをするたびに星屑《ほしくず》が散るような色気と美しさに、たまたまそれを至近距離で見ていた女性が「はうっ……」と胸のあたりを押さえ卒倒した。

リュシアンは運ばれていく女性を見送りながら、言葉を続ける。

「リンデ滞在が思いのほか長引いてしまい、寂しさに胸がつぶれそうになっていたところ、私をリンデの皆様にご紹介くださると、アルフォンス公子がこのような舞踏会を開催してくださいました」

「はっ⁉」

リュシアンの発言に、アルフォンス公子が目をまん丸にして凍り付いた。

一方、あまりにも堂々と嘘をつくリュシアンの顔はとても生き生きしていた。ビアンカの肩を抱いた手に力を込め言葉を続ける。

「ですがそれだけではありません。公子は私のために、わざわざネルキアから妻を迎えの使者として招待してくださったのです。ええ、まさかのサプライズです。彼女の姿を見て、驚きすぎて転んでしまいましたよ、あははお恥ずかしい限りです」

リュシアンは優雅な手つきで、体中に着いた葉っぱを払いながら微笑む。

「さすがリンデの次期大公、その慈悲の心の前に、わたくしめは胸を撃たれ、ひざまずき靴にキスをしたいくらいです。ありがとう、アルフォンス公子！　あとでぜひキスさせてくださいね……！」

笑顔満面のリュシアンは、空いたほうの腕を役者のように広げながら、玉座でぽかんとしている大公へと差し出す。

「僕の愛妻をご招待いただいたこと、またネルキアへのご支援のお約束、感謝いたします！慈悲深きリンデ大公と、アルフォンス公子に最大限の拍手を！　さぁ、皆さんご一緒に！」

リュシアンの腕の中で呆然としていたビアンカは、彼の言葉を聞いてはっと我に返りぱちぱちと拍手をする。

「そ、そういうことだったのか！」

「片時も離れたくない夫婦のためにそこまで……！」

「さすがアルフォンス公子！　愛と芸術の国リンデならではの行いだ！」

「リンデ大公、ばんざいっ！」

気が付けばリュシアンは、ネルキアの支援の約束まで勝手に取り付けていた。

（それ、嘘ですよね……！）

事実アルフォンス公子の笑顔は完全に引きつっている。だが玉座の間は、割れんばかりの拍手と万歳の歓喜の渦で満ちていて――。

この空気を変えることは、きっともう誰にもできないだろう。

「リュシアン様……」

「なんですか？」

割れんばかりの大歓声の中、彼の胸のあたりをぎゅっと握ると、リュシアンが眼鏡を押し上げながら顔を近づけてくる。今こんなことを聞いて馬鹿だと思われないかとちょっと気になったが、それでもビアンカは口にせずにはいられなかった。

「今その……つ……妻に、ぞっこんって……おっしゃいましたが……」

図々しいと思いながらも、そうだったらどれだけ嬉しいか。もじもじしながら問いかけると、リュシアンはふっと笑って。

「ええ、本当です。離れてみて、身に沁《し》みました」

そしてビアンカの手を優雅に取り、美しく両足をそろえてお辞儀をする。

「とりあえず、どうでしょう。僕と踊っていただけますか?」

「はい、喜んで!」

ビアンカは涙を指の先で拭うと、割れんばかりの拍手の中で夫の手を取ったのだった。

『今夜の舞踏会はリンデの友好国となるネルキア宰相夫妻のお披露目である』

そんな意味を持たされた狂乱の舞踏会が終わったその日の夜、ビアンカとリュシアンは約ふた月ぶりに抱き合った。場所はリンデ宮殿の、リュシアンにあてがわれた豪奢な一室だ。

ビアンカがひとり部屋で待っている間、公子や恩師、大公と話をしていたはずのリュシアンは、部屋のドアを開けながら「百人の上位貴族の前で既成事実をつくってしまったので、もう逃げる必要がなくなりましたよワハハハハ！」と高らかに笑っていたが、ベッドに腰を下ろしていたネグリジェ姿のビアンカを見た瞬間、獣《けだもの》のように飛びかかってきた。

ビアンカの視界の端に、宙を飛ぶ燕尾服が映る。

「あ、リュシアンさまっ……」

いきなりのことに驚きつつも、ビアンカはのしかかってくるリュシアンを必死に受け止める。

「ビアンカッ……」

リュシアンがビアンカに顔を寄せて、そのまま唇をふさぐ。舌が強引に口内に入ってきて、そのままビアンカの舌に絡みつき、口蓋を舐め上げた。

「んっ……！」

その瞬間、脳天に突き刺さるような甘美な痛みが走る。無我夢中でリュシアンの首の後ろに腕を回すと、彼はそのままビアンカを膝の上にのせて激しく舌を絡ませてきた。

「あ、ふっ、んぅ、あっ……んんっ……」

膝の上にのせられているのでビアンカのほうが頭の位置は上になる。舌を絡ませていると自然に唇の端から唾液が零れ落ちて、リュシアンの口元をいやらしく濡らしていく。

(リュシアン様のきれいなお顔が……！)

なんだかひどく悪いことをしているような気がして、ビアンカが慌てて唇を外すと、

「……だめ、まだ足りません」

リュシアンはきっぱり言い放ち、ビアンカの後頭部に手を回し引き寄せた。

「んっ……」

その一方で、リュシアンはビアンカのネグリジェのリボンをするするとほどき、一気に足元までずりおろす。そして自身のホワイトタイをはぎとり、ピケベストのボタンとサスペンダーをもどかしげに外し、シャツを引きちぎるようにして脱ぎ捨てた。

(リュシアン様のお体を見るのも、本当に久しぶりだわ……)

ビアンカはうっとりとしながら夫を見下ろし、肌に貼り付いていた葉っぱをつまんだ。

相変わらず銀の髪は草まみれだったが、ビアンカの目には最高の男にしか見えない。

彼は上半身裸になると、

「あぁ、そうだ……この胸だ……っ……白くて、柔らかくて……あぁ……」

リュシアンは感極まったようにつぶやきながら、そのままビアンカの胸にむしゃぶりつく。

「あっ……んっ」

彼の舌がビアンカの柔らかな乳首をねぶり、じゅるじゅると唾液をすする音を立てる。

「あ、あっ……」

先端を吸われただけで、ビアンカの体は細かく痙攣《けいれん》し、指先までしびれるような快感が広がっていく。たまらずリュシアンの頭を抱き込んでしまった。

「なんですか、もっとしてほしいんですか?」

リュシアンがビアンカのゆたかな胸の間に顔を突っ込んだまま、上目遣いでささやく。

「は、はい……たくさん、いっぱい、ああっ……」

リュシアンの大きな手に撫でられているだけで、幸せで頭が甘くしびれる。

リュシアンはビアンカの胸をもみしだき、先端の柔らかい部分を舌で刺激しながら、指を下腹部へと移動させる。彼の指はなんなく下着の中に滑り込み、淡い茂みをかき分けてさらに奥へと進んでいった。舌、指、吐息、リュシアンを感じるすべてが愛おしく、このままドロドロに溶けてしまいそうだった。

「ビアンカ、きみのここ、ぐちょぐちょに濡れてますよ。聞こえますか？　ほら、指を動かすだけで……」

「は、はい……あ、ああっ……」

彼の指がひだをなぞり、花芽をくすぐる。リュシアンの膝の上でビクビクと体を震わせたビアンカは、夫の肩にもたれるようにしてささやいた。

「リュシアンさま。もうっ、いれて、くださいっ……」

「え？　でも」

ベッドのリュシアンは挿入までに時間をかけるタイプなのだが、正直ビアンカはもう待てなかった。一刻も早くリュシアンが欲しい。淫らな妻だと思われてもいい。

ビアンカはゆっくりと後ずさるようにして膝から降り、片手で秘部を隠しつつ両足を開いて見せた。

「りゅっ、リュシアン様、はやくっ……」

「き、きみってひとは……きみって、人はっ……！」

それを見たリュシアンは顔を真っ赤に染め、ぶるぶると震え始めたかと思ったら、トラウザーズを慌ただしくずり下げ、下着の中から流々と勃起した肉杭を露《あら》わにした。それはもうすでに先端からとろとろと蜜をこぼしていたし、これ以上ないくらい大きくなっている。

「ああもうっ……どうなっても知りませんからねっ……僕がっ！」

リュシアンは唇を一文字に引き結ぶと、そのまま自身の肉棒をつかみ、ビアンカの蜜口に押し当てると、そのままグイッと腰を進める。

「あっ……」

シーツの上に押し倒されたビアンカは、そのままリュシアンの性器を飲み込み――。

ごつん、と最奥を押された瞬間、全身を激しくわななかせたのだった。

「あ、あ、ん、っ、ああっ～～……！」

爪の先、髪の一本一本まですべて、なにかが繋がったかのような快感に、ビアンカは悲鳴を上げた。目の前に赤と白の火花が散り、己の声が遠くから聞こえる。

「い、今ぁ、あっ、くっ……ものすごく、あの、締まって、るんですがっ……」

そして一方、唇を引き結び、なんとか快楽から気をそらそうとしていたリュシアンは、ビアンカの反応に苦悩に満ちた声を絞りだす。

「あ、アッ……まって、あっ……りゅしあ、んさま、うごか、ないでっ……」

「うごいて、ませんよっ……これは、きみが……」

リュシアンは己の体の下で、陸にあげられた魚のように唇をはくはくさせながら痙攣しているビアンカを見て、はっとしたように叫ぶ。

「もしかして、きみ、先に達しましたか⁉」

その瞬間、彼のモノがさらにビアンカの奥を押して、ビアンカはまた背中をのけぞらせる。

「や、あっ……だめ、あぁ、わたし、ああっ……やっ……」

「入れられただけで、イッたんですね！　そうだ、そうなんだッ！」

リュシアンはすみれ色の瞳をキラキラと輝かせながら、感動したようにぎゅっと目を閉じ天井を見上げる。

「あぁ、妻がようやく……僕のペニスで先に達してくれたんだ……嬉しいっ……」

感慨深く、しみじみとした様子で呟いたリュシアンだが、それから改めて、恥ずかしさのあまり手の甲で目元を覆っているビアンカを見下ろし、色気に満ちた表情でにっこりと微笑んだ。

「僕はまだまだ、大丈夫ですよ」

「え……？」

「ビアンカ。きみを愛しています」

「っ……」

まっすぐに愛を告げられて、ビアンカの体がまた熱を帯びる。彼は上半身を起こし眼鏡を指で押し上げると、ビアンカの細い腰をつかみ激しく抽送を始めた。

「あっ……！」

ふたりの肌がぶつかる音と、あふれる水音が交じり合う。ビアンカの下腹部はリュシアンのたくましい太ももの上に乗り上げた状態になり、両足も最大限に広げられてしまった。

「あぁ、ビアンカ……きみのここが、僕のモノをやすやすと受け入れて、気持ちよさそうに締め付けているのを見られるなんて、夢のようです」

「や、ああっ、アッ、ん～～～ッ……！　だめ、またわたしっ……」

ビアンカはいやいやと首を振りながら、リュシアンを見上げる。

「またイクんですか？　いいんですよ、何度達しても」

リュシアンは銀色の前髪の奥で、かすれた声でささやく。

「ほら、ほら。僕のモノでイって……奥をゴリゴリされて、気持ちいいでしょう？」

「ひ、あっ、ああっ」

「いや、ワンパターンもよくないな。体勢を変えましょうか。こうやってあなたの体を横にして、後ろから片足を持ち上げて、突いて差し上げます」

あっという間にリュシアンは背後に回り、ビアンカの膝の裏に手を入れ、持ち上げる。

そして背後から突き上げるように挿入した。

「ひっ……うっ……あ～ッ……！」

腹の裏をごりごりと摺《す》り上げるリュシアンの凶暴な肉杭に、ビアンカは背中をのけぞらせながら体を震わせる。

「犬のように片足を上げたきみは、とてもいやらしくて興奮しますね。この部屋に大きな鏡があればなぁ……正面から見たいのに……残念です。あ……またイきますか？」

「あッ、あ、ん、あんっ、ああ～ッ……！」

そうやってしばらく攻め立てられた後、達してうなだれるビアンカに、

「――大丈夫。ゆっくり息をして。うつぶせになりましょう」

リュシアンは優しく首筋にキスをしながら体を支える。

「はぁはぁ、はぁっ……」

枕に顔をうずめて息を整えていると、背後のリュシアンが眼鏡を外し、汗をぬぐいながら、ビアンカの尻を両手で包み込むように撫でた。

「さ、きみの丸くてかわいいお尻を、後ろに突き出すようにして上げてください」

と優しい声でささやく。

「はぁ、……はっ、りゅしあん、さま……？」

ぼうっとする頭で言われた通りにすると、

「いい子だ」

リュシアンは生徒を褒める教師のようにうなずいて、依然固いままの肉杭を押し込んだ。

「あ、あああっ……！」

腹の裏の弱いところを先端でこすられ、ビアンカは悲鳴を上げた。

ひさしぶりだからだろうか。今日はすごい。いつものリュシアンとまるで違う。優しいリュシアンも大好きだが、ちょっぴり意地悪なリュシアンの一面に、胸がドキドキし始める。

「あぁビアンカッ……愛してはいますが、それはそれ。僕はまだ、許していませんからね……」

「え、あっ、な、なん、で、ですかっ……？」

いったいなにを許さないと言うのだ。

息をするために枕を抱えたまま尋ねると、リュシアンはそのままテンポよく腰をビアンカに打ち付けながら、言葉を続ける。

「ひとりで異国まで来てメイドの仕事をしていたなんて……。そんな真似《まね》をさせたランベールには帰ったらひどい仕置きをするつもりでいますが、きみもなぜいったんネルキアに帰らなかったんですか？」

「そ、それはっ……」

痛いところを突かれて、口ごもる。

そもそもランベールにはすべて事後報告なのだが、リュシアンが問題にしているのはビアンカの行動についてだ。

「まぁ、無茶《むちゃ》をした言い訳としては『国際問題に発展するのは今後のためによくないと思った』でしょうか。でも違いますよね……」

「ああっ、あうっ……」

「アレクサンドラ・ルームズのメイドか……。もしかして、僕を捨てるつもりだったんですか？　だからあんなところで働き始めたんですか？　確かにこの国はネルキアの何倍も金持ちですし、世界中から男どもが集まりますからねっ……！」

リュシアンはリズミカルにビアンカを突きながら言葉を続ける。

「きみはかわいいから、たくさんの男があなたにちょっかいをかけたんでしょうねッ……もしかして唇くらいは許したんじゃ、ないですかっ？」

「ッ……あ、やっ、そんな、ことっ……して、ないっ……」

確かにちょこちょことお誘いをいただいたような、そんなことがあったようななかったような気がしないでもないが、ビアンカにとってリュシアン以外は誰であってもジャガイモである。

「わたしには、りゅしあんさま、だけ、だからあっ……！」

ビアンカはいやいやと首を振ったが、リュシアンは嫉妬をにじませた声で問いつめる。

「そう？　でも男たちは妄想の中できみの唇を奪い、裸にして、たくさん犯したでしょうねっ……想像するだけで、はらわたが煮えくり返りますよ……！」

リュシアンはかすれた声を絞り出す。

「なぜ危ない真似をしたんですか、言いなさい、ビアンカッ……！　なぜ無理をしたのか、僕を納得させる理由を言いなさい……！」

またリュシアンの抽送が激しくなる。

ビアンカの蜜壺がきゅうきゅうとしまり、リュシアンのモノを激しく奥へと導こうとする。

「答えなさい、ビアンカ……ッ！」

馬の尻を叩くように、リュシアンがビアンカの真っ白な尻を手のひらで叩く。

それはあくまでも音だけで、痛みなどほぼ感じなかったが――。

愛するリュシアンにこれ以上なく激しく嫉妬されている、求められているという喜びと相まって、ビアンカをまた激しい絶頂へと導く。

「あ、あああっ、アアッ、んッ……ああ～‼」

ビアンカはこれまでにないくらい感じながら、声を絞り出していた。

「あ、あっ、あいして、いますっ、りゅしあんさ、ま、あっ、すき、だいすきっ、だから、あっ……」

ビアンカは叫んでいた。

「リュシアンさまが、わ、わたしのこと、いらないって言っても、ぜったい離れないって、言いたかったからっ……どこにでも、ついて、いきたかったからぁ……」

強すぎる快楽に、ビアンカの眼のふちから涙があふれる。

「あっ……んっ……」

そのままうつぶせに崩れ落ちるビアンカに、リュシアンはさらに追いつめるように全身でのしかかる。

「今の、本当ですか……?」

ビアンカの両方の手首を上から押さえつけ、愚直に腰を打ち付けた。

「ビアンカッ……僕を愛してるって、本当ですか……信じていいんですか……だって、僕こそ……きみになにかあったら、もう生きていけないっ……愛してるんだ!」

リュシアンの声は徐々にかすれ始める。

「だから、お願いします、絶対に危険な真似はしないで、絶対に、僕を愛していると言うのならっ……!　なによりも自分を大事にしてくださいっ……!」

悲鳴交じりのリュシアンは、それから「あっ……くッ」と喉を鳴らし、そのままビアンカの最奥まで肉杭を押し込み、吐精する。

どくどくと腹の奥に熱いモノが注ぎ込まれる。

「ビアンカ……ビアンカ……ッ」

リュシアンは吐精している最中も、なじませるように腰を振り、回し、軽く突き上げながら

ビアンカを全身で覆うように抱きしめて何度もうなじにキスを落とす。

(リュシアン様……泣いてる?)

リュシアンが吐き出した白濁のすべてを奥で受け止めたビアンカは、ビアンカの首筋に顔をうずめ、すんすんと鼻を鳴らしている夫の心を感じながら、目を閉じる。

彼が今日、執拗《しつよう》に後ろから責め立てていたのは、涙を見られたくなかったからだろうか。

(リュシアン様ごめんなさい……)

ビアンカはリュシアンをひどく傷つけてしまった。

もし逆の立場なら、確かにビアンカだって気が気じゃないだろう。

だがそれでも、もしこの記憶を持った自分がやり直したとしても、ビアンカは同じことをしたに違いない。

自分の愛を、他人任せになんかできるはずがない。

(リュシアン様……愛してます……)

薄れゆく意識の中で、ビアンカはそっと目を閉じたのだった。


翌朝。のぼる朝日の中、ナイトガウンに身を包んだビアンカはリュシアンとバルコニーから下を見下ろした。かなりの高さで、背筋がぞうっと震えてしまう。

「リュシアン様、本当にこのバルコニーから飛び降りたのですか……?」

「ええ。さすがに僕が、三階から木々を伝って逃げるとは思わなかったんでしょうね。でも逃げる途中、窓の外からあなたによく似た女性を見て、びっくりして足が止まってしまって。そこをまた追いかけてきたアルフォンス公子に見つかって……あとはあなたも知っての通りです」

同じくガウンを羽織ったリュシアンは、ため息交じりに言葉を続ける。

「僕がリンデ大公の血を引いているという事実は、このまま闇に葬るつもりです。大公にも公子にもとりあえず納得いただきました」

「納得、いただけたんですか？」

「まぁね。なんだかんだ言って、あの人たちも施政者ですから」

指輪を撫でながら、リュシアンはつぶやく。

「もう百年前とは違うんです。自国の民の幸福を思えば、彼らもわざわざことを荒立てたりはしませんよ。今後も友好国のひとつとしてお付き合いをするつもりです。まぁ……その期間に、私的な交流をしないと決めつけるつもりはありませんしね」

そしてリュシアンは切れ長の目を細め、吐息交じりにささやいた。

「リンデ公国は模範とするべき素晴らしい国ですが、僕の故郷はやはりネルキアで、きみがいる場所なんです。もう二度と離れたくない」

「リュシアン様……」

そして彼は、ふっと笑って隣のビアンカを見下ろす。

「あなたとセックスするたび、馬鹿になってしまう自分が怖かった。だからちょっと距離をとったほうがいいと思った。でも今回のことでよくわかりました。僕は悪くない。魅力的すぎるあなたがいけないんです。悪いのはきみです」

眼鏡を押し上げながら、熱烈な告白に似た言い訳を口にする宰相閣下に、ビアンカはクスッと笑う。

「なぜ笑ったんですか?」

「いいえ、なんでも」

この人はやっぱりかわいいな、と思ったのだが、本音は心の奥底にしまうことにした。

「なんだか嬉しくて、どこまでも飛んで行けそうですっ」

するとリュシアンはふっと笑って、ビアンカの体を強く抱きしめる。

「そんな、嬉しいくらいで遠くに飛んでいかれたら困ります。夫はいつだって妻のそばにいるものですからね」

見つめあう夫婦の唇がそうっと重なった。

ちなみに帰国後、宰相夫婦は子だくさんのおしどり夫婦になり、ビアンカの父がどんどん増える孫の世話で、みるみる元気を取り戻したのは言うまでもない。

番外編

夫の手紙

帰国後、落ち着いた頃にビアンカあてに手紙が届いた。差出人はリュシアンである。

「リュシアン様、このお手紙は？」

一応宛名はビアンカだが、同じ家にいて手紙が届く意味がわからない。

深夜帰宅したリュシアンに差し出すと、彼はハッとしたように白皙の美貌を赤く染め、

「これは読まなくて宜《よろ》しい」

と言って、手紙を取り上げられてしまった。

「えっ、どうしてですか？」

「これは……その、軟禁されていた時に出したものなので」

リュシアンは眼鏡を指で押し上げながら、目を伏せる。

「と言うと……？」

「ざっくり言ってしまうと、ラブレターのような……？」

リュシアンが視線をうろうろとさまよわせながら、小さな声でつぶやく。

「きゃあっ！」

ビアンカは悲鳴を上げ、驚きの速さで、リュシアンの手から手紙を奪い取っていた。

「あっ、こらビアンカッ！」

「だめです、これは私のモノですッ！」

ビアンカは手紙をナイトガウンの内側に隠して、両腕を抱えるようにして身を縮める。

リュシアンからラブレターなんて、今後二度ともらえる気がしない。いや絶対にもらえないだろう。

普段の彼はよほどのことがなければ、甘い言葉を吐いてくれるタイプではないのだ。

「ビアンカ……」

「いやです。返しませんよ。リュシアン様からの愛情を疑った時に読みますので」

じいっと恨みがましい目で見上げると、リュシアンは深いため息をついた。

◇◇◇

『愛情を疑った時に読む』と言われて、リュシアンは手紙を取り返すことを諦めた。

リュシアンにとって、ビアンカの気持ちはなによりも優先されるべきことなのだ。

赤裸々に感情をつづった手紙を後生大事に取っておかれるなど恥でしかないが、仕方ない。

あの後、リュシアンはいつものようにビアンカと情熱的に抱き合い、彼女の寝顔を眺めている。

ビアンカは眠りが深く、なかなかのことでは起きない。

一方リュシアンはもともとショートスリーパーなので、ビアンカの寝顔を堪能するのもやぶさかではなかった。

「今晩もビアンカはかわいらしかったな……」

彼女の黒い髪を指に巻き付けながら、リュシアンは目を細める。

ラブレターを後生大事にすると言われて悪い気はしない。

「でもあなたは、少し勘違いしていますよ……」

脳内で、軟禁されていたリンデで書いた手紙の内容を思い出す。

ビアンカへ
もしかしたら僕はもう二度ときみには会えないかもしれない。
恨まないでください。
きみの幸せを考えるならそうするしかないからです。
でも僕のことは死ぬまで一生忘れないでください。
ずっとずっと愛してください。
ほかの男と再婚などしたら本気で恨みますからね。
約束ですよ。

リュシアン

リュシアンの手紙は世間一般の清らかなものではない。

恨まないでと告げながら、恨んでやると宣言する、子供っぽい独占欲をむき出しにしたラブレターなのだ。

「一生僕の愛情を疑われないようにしないと……」

リュシアンはふふっと笑いながら、愛する妻の額にキスを落としたのだった。

あとがき

お久しぶりです。あさぎ千夜春です。蜜猫文庫ではお久しぶりですね。

蜜猫文庫、十周年おめでとう〜！

今回は「お前をお母さんにしてやろうか？」と言いたいだけの本でしたが、Ｃｉｅｌ先生の美麗絵と挿絵のおかげで、最高に素敵な一冊になりました。

私の好きを詰め込んだお話になりましたので（これを許してくれる蜜猫文庫さんの懐の深さよ……）、読者の皆様にも楽しんでいただけたら嬉しいです。

ではまた。どこかでお目にかかれますように。

あさぎ千夜春

Mitsuneko Label

蜜猫文庫をお買い上げいただきありがとうございます。
この作品を読んでのご意見・ご感想をお聞かせください。
あて先は下記の通りです。

〒102-0075 東京都千代田区三番町 8 番地 1 三番町東急ビル 6F
(株)竹書房　蜜猫文庫編集部
あさぎ千夜春先生 /Ciel 先生

完璧なる子作り計画⁉
ハイスペック宰相閣下が「お前をお母さんにしてやろうか」と求婚してきました
2024 年 2 月 29 日　初版第 1 刷発行

著　者　あさぎ千夜春　©ASAGI Chiyoharu 2024
発行所　株式会社竹書房
〒102-0075
東京都千代田区三番町 8 番地 1 三番町東急ビル 6F
email : info@takeshobo.co.jp
デザイン　antenna
印刷所　中央精版印刷株式会社

冷徹公爵は見知らぬ妻が可愛くて仕方がない

偽りの妻ですが旦那様に溺愛されています

クレイン
Illustration ウエハラ蜂

**俺は、キミがいいんだ。
むしろ君以外考えられない**

子爵令嬢コレットは弟を救う為、戦時中に縁があった公爵フェリクスの家に援助を求めにいくが、出征している彼の妻だと勘違いされ成り行きで妻を演じることに。帰ってきたフェリクスは一部記憶がなく彼女を妻として受け入れてしまう。「俺はきみに恋に落ちたんだろうな」真実を言えぬまま甘い初夜を迎え引き返せない所まで来てしまった。そんなある日、記憶を取り戻す為、二人の出会いであるコレットの家に向かう事になり!?

蜜猫文庫